허구의 삶

허구의 삶

이금이 장편소설

문학동네

차/례

초대장 …… 7

쌀자루의 무게 …… 15

여행자 K …… 41

환한 어둠 …… 69

허구의 기록 …… 115

갈림길 …… 139

운명의 경계 …… 163

산 자와 죽은 자 …… 199

삶으로의 초대 …… 235

작가의 말 …… 254

초대장

오후 두 시쯤 '경일 703' 밴드에 새 글이 올라왔다. '여행자'의 글이었다. 반창회 밴드인 만큼 대부분 실명을 썼고, 어쩌다 닉네임으로 가입하더라도 곧 누군지 알게 됐다. 여행자는 정체를 알 수 없는 닉네임이었다.

초대장

벗들에게

나는 이제 이곳에서의 여행을 끝내려 하네.

그대들이 이 초대장을 보게 될 때엔 이미 떠난 뒤일 걸세.

하지만 너무 놀라거나 서운해하지는 말게나.

내 삶은 또 다른 곳에서 계속될 테니.
벗들은 조의금 대신 우리가 함께했던 그 시절 추억 한 줌씩들
가지고 와 놀다 가게나.

빈소: ○○대 의대 부속병원 장례식장 201호실
발인: 4월 26일 금요일 오전 7시

초대장이란 첫 글귀를 보았을 때 대부분은 개업 초대장이라고 생각했다. 누군가 회사를 그만두고 치킨 가게라도 열었나 보군. 월급쟁이 마흔아홉 살은 승진이거나 퇴직이라는 갈림길 앞에 서 있기 쉬운 나이였다. 그동안 소식 한번 없다 개업 초대장을 보내려고 밴드에 가입했으면 실명으로 하는 매너쯤은 있어야지. 각자 처한 상황에 걸맞은 감정을 느끼며 읽던 사람들은 곧 어리둥절해졌다. 개업 초대장이 아니라 죽음을 알리는 부고장인 까닭이었다. 발인은 다음 날이었고, 조문할 시간은 그날 저녁뿐이었다.

또 나이를 들먹이자면, 마흔아홉은 친구의 부고를 받기에는 너무 이른 나이였다. 부양해야 하는 처자식과 아직 살아 계신 부모님이 있기에 결코 죽음 앞에서 초연할 수 없다. 설사 죽더라도 남은 가족에게 힘이 될 조의금 대신 추억 따위 가져오라고 여유를 부릴 수 없는 것이다. 무엇보다 어찌 죽은 자가 자기 부고를 낼

수 있단 말인가. 그들은 익명의 초대장을 장난이라고밖에 생각할 수 없었다. 연수 같은 데 가서 중, 고딩 때처럼 유서나 묘비명 쓰기 따윌 하고 있는 게 분명했다. 아니면 며칠째 계속되고 있는 미세먼지 탓에 낮인지 밤인지 모를 날씨 따라 맛이 살짝 갔거나.

-ㅋㅋㅋㅋㅋ 미친… 여행자가 누구여?

-ㅋㅋㅋㅋ 지 부고장 올린 놈이 누구냐?

-장난칠 여유도 있고 팔자 좋네

-그래도 이런 장난은 아니지

-장난 아니고… 허구임.

-죽을래? 너 누구야?

-여행자, 실명 밝혀라

-나 상만이야.

-지상만?

-허구가 뻥쟁이 허구야?

-그래. 허구가 어젯밤 운명했어. 고인이 미리 써 놓은 글을 올린 거야. 아이디는 허구 거고. 부디 허구의 마지막 길을 함께해 주기 바란다.

잠시 댓글 창이 잠잠해졌다. 허구라는 이름을 보는 순간 많은 것들이 떠올랐다. 죽음을 대신 전하고 있는 지상만에 대해서도 마찬가지였다. 반 친구들의 기억 속에 상만은 허구의 똘마니로 저장돼 있었다. 여전히 뒤치다꺼리라니. 그 순간 친구들은 허구의 죽음이 아니라 30년의 세월도 바꿔 놓지 못한 상만의 처지에 애도를 표할 뻔했다.

-갑자기 왜? 사고야?

-저 글 허구가 써 놓았다니 사고는 아닌 모양인데. 지병이 있었나?

-유가족은?

-지상만 대답해라

-그동안 뭐 하고 지냈냐?

지상만은 더 이상 대답이 없었다.

초대장을 다시 읽은 사람들은 끼리끼리의 단톡방으로 옮겨 가 대화를 이어 갔다. 누군지 알고 보니 부고 내용도, 죽음을 대하는 방식도 참으로 허구다웠다. 그들이 같은 교실에서 지냈던 시절 허구는 이름 대신 뺑쟁이로 불렸다.

그들의 모교 경일고는 비평준화 지역인 제천에 있었다. 명문대 합격률이 학교 명성을 좌우하기는 예나 지금이나 마찬가지였다. 신설 사립학교였던 경일고는 가난한 수재들을 공략하기 위해 성적이 전교 10등 안에 드는 학생에게 수업료는 물론 기숙사와 독서실을 무상으로 제공했다. 기숙사 정원은 학년당 30명이었지만 10등 밖 아이들은 기숙사비를 따로 내야 했다. 학교는 학생들의 경쟁심과 학구열을 부추기기 위해 학기마다 성적순으로 기숙사를 재배정했다.

밴드 이름 '경일 703'은 7회로 졸업한 3반이란 뜻이다. 2학년 때 문과 3반에서 만난 그들은 3학년까지 그대로 올라갔다. 허구가 전학 온 건 2학년이 시작된 이튿날이었다. 키가 크고 얼굴이 흰 아이가 담임과 함께 교실로 들어왔다. 교복 자율화 조치가 학교장 재량으로 바뀌자 경일고는 교복을 부활시켰다. 교복을 입은 전학생을 본 아이들은 자기 학교 교복이 저렇게 멋진 것이었나 하는 얼굴로 새삼스레 자신과 옆의 아이를 살폈다. 그러다 후줄근한 교복과 검게 타고 여드름이 울긋불긋 돋은 서로의 얼굴을 보곤 시선을 돌렸다.

"난 허, 구라고 해. 외자 이름이야. 앞으로 잘 부탁한다."

허구가 '표준어'로 말했다. 강원도와 경북 접경에 있어 투박한 말씨를 쓰는 아이들은 간지러움과 선망을 동시에 느꼈다. 그 탓에 특이한 이름을 듣고도 웃을 때를 놓쳤다. 아쉬움을 느끼고 있을 때 뒷자리 누군가가 말했다.

"허구? 뻥이란 말여?"

그 자리에서 허구의 별명은 뺑쟁이가 됐다. 아이들의 선망을 받았던 흰 얼굴, 큰 키, 나긋한 말씨는 순식간에 만만해 보이는 요소로 바뀌었다.

아이들은 무엇보다 허구의 전학 사유를 궁금해했다. 경일고 학생들은 시외에 사는 경우가 많았다. 그들은 학교에 다니기 위해 시내에 있는 친척 집에 얹혀 지내거나 자취를 했다. 서울은 제천역에서 기차로 세 시간 이내 거리였지만 대학 갈 때나 꿈꿔 볼 수 있는 동경의 도시였다. 성적이 안 돼도, 집에서 보내 줄 능력이 없어도 아이들은 하나같이 서울을 열망했다. 그런 마당에 허구가 왜 서울에서 제천으로 전학 왔는지 궁금해하는 건 당연했다.

"별거 없어. 부모님이 공기 맑고 경치 좋은 곳에서 살고 싶어 하셔서 이사 온 거야."

허구의 대답에 아이들은 '그게 말이 돼?'라는 표정을 지었다. 그들이 공부하는 이유는 고인 웅덩이 같은 이곳을 벗어나기 위해서였다. 이곳에 남는 것은 실패나 다름없다고 여겼다. 아이들은 허구가 학교를 옮길 수밖에 없는 사고를 쳤을 거라고 추측했다. 서울에서 여기까지 왔을 정도면 큰 사고일 터이다.

"맞아. 실은 그래서 전학 온 거야."

허구는 순순히 실토했고 점심시간이면 전학 사유와 얽힌 이야기를 펼쳐 놓곤 했다. 말초신경을 흥분시키는 로맨스와 폭력이 뒤섞인 내용이었다. 로맨스는 몰라도 폭력은 허구와 거리가 멀어 보였다. 하지만 그의 이야기가 사실인지 아닌지는 점점 중요하지 않게 됐다. 어제와 오늘이, 그리고 오늘과 내일이 같은 일상을 살고 있는 아이들은 서울이라는 꿈의 도시를 배경으로 하는 무협소설 같은 이야기에 열광했다. 서울에 가면 자신들에게도 그와 같은 일이 펼쳐질 것 같았다. 어쩌다 이야기의 개연성을 따져 가며 진위 여부를 캐는 아이가 있으면 허구는 한발 슬쩍 물러섰다.

"재밌자고 하는 이야기에 깐깐하게 굴기는. 얘들아, 뭐 먹으러 나 가자."

그러곤 아이들을 매점으로 몰고 가 빵이나 과자 등을 안겼다.

월요일이면 휴일에 허구와 롤러스케이트장에서 놀거나 여자애들과 미팅한 이야기가 교실 안을 맴돌았다. 물주는 언제나 허구였다. 은밀하게 불리는 그의 또 다른 별명은 '호구'였다.

한 달이 돼 가도록 허구와 한 번도 어울리지 않은 유일한 아이는 지상만이었다.

쌀자루의 무게

1

일요일과 장날이 겹친 시장통은 아침부터 시끌벅적했다. 상만은 짐 자전거에 쌀자루를 실었다. 쌀과 잡곡, 연탄을 취급하는 제일상회는 시장 끄트머리에 있었다. 주인인 외삼촌은 열여덟 살에 80kg짜리 쌀 한 가마니도 번쩍번쩍 들었다지만 상만은 반 가마니도 버거웠다. 중학교 때 키에서 성장이 멈춘 것은 한창 클 나이에 무거운 걸 많이 들어서인 게 분명했다.

"배달 밀렸으니께 후딱 갔다 와. 밥은 한 사발씩 먹으면서 기운은 반도 못 쓰니……."

외숙모가 못마땅한 기색으로 말했다. 상만은 오늘 점심으로 칼국수 한 그릇 먹을 때 빼곤 쉰 적이 없었다. 외삼촌이 결혼식에 간 터라 일손이 부족했지만 외사촌 형이나 누나들은 가게에 코

빼기도 비추지 않았다. 삐죽삐죽 고개 드는 억울함을 눌러 삼키던 상만의 표정이 배달지 주소에 조금 펴졌다. 봄방학 때 연탄 배달을 갔던 사과 과수원이었다. 이층집을 대대적으로 수리 중이었는데 새 안주인인 듯한 할머니가 일꾼들 새참으로 찐 호빵을 상만에게도 주었다. 따끈하고 달콤한 빵 맛만큼이나 친절한 할머니도 기억에 남아 있었다.

상만은 자전거를 타기 전 단어장을 꺼내 영어 숙어 몇 개를 눈에 익혔다. 다음 주 금요일은 2학년 첫 모의고사 날이다. 상만은 한 번이라도 전교 10등 안에 들어 외삼촌네 집을 벗어나고 싶었다. 20등 안엔 늘 들었지만 돈을 내야 한다면 기숙사는 그림의 떡이었다. 상만은 자전거 페달을 밟으며 숙어를 되뇌었다.

제천은 분지여서 여름엔 더 덥고 겨울은 더 추웠다. 3월 말인데도 산골을 타고 내려온 냉기는 봄바람에게 호락호락 자리를 내주지 않았다. 짐받이에 실린 쌀자루 또한 자비가 없었다. 오르막길에서는 상만을 잡고 늘어져 힘들게 하고, 내리막길에서는 등 떠밀어 곤두박질치게 했다. 그리고 평지에서는 온전히 상만의 두 다리에 힘을 실었다. 자전거에 짐을 싣고 달리는 일은 공짜나 행운이라고는 없는 그의 삶과 같았다. 그럴 때면 열여덟 살 상만은 이미 외삼촌 나이쯤 된 것 같았다.

등짝에 땀이 축축할 때쯤 상만은 시내를 벗어나 면과 경계를 이룬 하천 다리를 건넜다. 사과 과수원은 하천을 끼고 이어진 2차선 도로에서 샛길로 100미터쯤 접어든 곳에 있었다. 과수원이 드문드문 있는 동네였다.

몇 주 사이 과수원 이층집엔 화려한 문양의 창살 대문과 튼튼한 담장이 생겼다. 주변의 과수원집들과는 다른 분위기였다. 사람이 기웃거리자 시커먼 개가 목줄이 다하는 데까지 나와 껑충껑충 뛰며 짖어 댔다. 대문 창살 틈으로 봐도 아무 집에서나 키우는 똥개와는 다른 종이었다. 벨을 누르려는데 작업복을 입은 아저씨가 나타났다.

"쌀 배달 왔는데요."

아저씨가 개를 조용히 시키며 작은 문을 열어 주었다. 쌀자루를 둘러멘 상만은 잠시 비칠거렸지만 곧 중심을 잡고 마당으로 들어섰다. 계단 몇 개를 올라가자 열린 현관문으로 시장기를 자극하는 음식 냄새가 풍겨 나왔다. 집 내부는 연속극에 나오는 부잣집처럼 바뀌어 있었다.

"쌀 왔어요."

상만이 소리쳤다. 부엌에서 그때 그 할머니가 고개를 내밀곤 손짓했다. 상만은 고급스러워 보이는 샹들리에와 응접세트가 있는 거실을 지나 부엌으로 갔다.

"연탄 배달 왔던 학생이네. 점심 전에 올 줄 알았는데 많이 바

뺐나 봐."

배달이 늦었는데도 할머니의 말투는 점잖고 부드러웠다.

"죄송합니다. 배달이 밀려서요."

"쌀통에 좀 부어 줄 수 있을까?"

할머니가 쌀통을 가리키며 말했다. 상만은 기꺼이 쌀자루의 매듭을 푼 다음 통에 부었다.

"수고했는데 주스 한잔 마시고 가요."

할머니가 오렌지 주스를 한 컵 가득 따라 상만에게 건네주었다. 배달 다니다 보면 큰 잘못 없이도 지청구를 듣거나 무시당할 때가 많았다. 그런데 할머니는 지난번이나 이번이나 손주 대하듯 다정하고 친절했다. 상만은 일요일 아침부터 일하면서 쌓인 불만과 억울함이 스르르 사라지는 것 같았다.

"공일날은 놀고 싶을 텐데 아버지 대신 배달도 하고 착하네."

빈 컵을 받으며 할머니가 한 말에 상만은 당황했다. 엄마 성을 따른 상만은 외삼촌과 성이 같았다. 성이 아니어도 처음 보는 사람들은 상만을 제일상회 막내아들로 알았다. 하지만 몇 번 드나들다 보면 상만이 어떤 처지인지 다 알게 됐다. 시조카 거두는 수고를 티 내고 싶어 안달 난 외숙모 덕분이었다. 상만은 '곧 알게 되겠지.' 생각하며 말없이 빈 자루를 접었다.

부엌을 나서던 상만이 우뚝 멈추어 섰다. 2층에서 내려와 부엌

쪽으로 오고 있는 아이는 분명히 허구였다. 상만을 본 허구 역시 놀란 얼굴이었다.

"어, 너……, 네가 여기 웬일이야?"

상만이 묻고 싶은 말이었다. 허구가 부잣집 아이란 건 알았지만 친절한 할머니의 손주일 줄은 몰랐다. 허구는 상만의 이름을 모르는 것 같았다. 가게 보고 배달 다니느라 늘 시간이 부족한 상만은 쉬는 시간에도 공부하느라 아이들과 노닥거릴 틈이 없었다. 상만이 어물거리는 사이 할머니가 반색했다.

"세상에나. 우리 구야하고 아는 사이였어?"

구야라니. 뺑쟁이라는 별명을 만들어 주었던 이름이 사랑스러운 애칭으로 바뀌었다.

"같은 반이야. 엄마, 나, 물."

상만은 허구가 엄마라고 하는 소리에 놀라 할머니를 보았다. 시골 할머니들과는 비교도 안 되게 고운 모습이었지만 친구들 엄마보다는 확실히 늙어 보였다. 허구 어머니는 허둥지둥 보리차를 가져왔다. 허구는 형제들과 나이 차이 많이 나는 늦둥이 막내인 모양이었다. 상만의 추측을 수긍하듯 어머니는 아들이 물 마시는 것조차 대견하다는 표정으로 지켜보고 있었다.

"지금도 속 안 좋아?"

허구 어머니가 빈 물컵을 건네받으며 걱정스러운 낯빛으로 물었다.

상만은 어정쩡하게 선 채 둘의 모습을 훔쳐보았다. 그는 이 나이에도 종종 엄마와 함께 있는 아이들에게 질투를 느끼곤 했다. 걸핏하면 소리 지르고 자식의 등짝을 때리는 엄마라 할지라도 말이다. 다정하고 친절했던 허구 어머니가 몇 배는 더 애틋한 눈길로 허구를 바라보는 모습에 이유 모를 상실감과 허전함이 밀려왔다.

"괜찮아."

허구가 퉁명스럽게 대꾸했다.

"그럼 만두 좀 줄까? 잘됐다, 친구하고 같이 먹어."

만두 냄새는 진즉부터 상만의 침샘을 폭발시키고 있었다. 상만은 당황스러워 얼른 입에 가득 괸 침을 삼켰다.

"지난번에도 왔었는데 우리 구야 친군 걸 몰랐구나. 이렇게 기특한 아들이 있으니 쌀집 사장님이 든든하시겠어."

허구 어머니가 새삼스레 상만을 보며 말했다. 상만은 마치 자신이 쌀집 '아들'이라고 사칭한 것처럼 찜찜했고 남들은 짐작도 하지 못할 일로 노심초사하는 처지가 씁쓸했다. 아버지 아니고 외삼촌이에요, 상만이 말하려는데 허구가 먼저 입을 열었다.

"만두 먹고 갈래?"

상만은 자기도 모르게 고개를 끄덕였다. 만두 먹을 기회를 마다한 채 외숙모의 잔소리와 배달 일만 기다리고 있을 가게에 가고 싶지 않았다. 허구가 어머니에게 말했다.

"편하게 먹게 방으로 갖다줘."

"그래, 그래. 친구하고 방에 가 있어. 금방 가져다줄게."

허구의 어머니는 아들 말이라면 무엇이든 들어줄 준비가 돼 있었다.

"가자."

허구가 말하며 돌아섰다. 상만이 목례를 하는데 허구 어머니가 물었다.

"참, 친구는 이름이 뭐야?"

"아, 네. 지상만입니다."

"반가워. 우리 구야 전학 와서 낯선 게 많을 텐데 상만이가 좀 도와줘."

"엄마, 그만."

말을 자른 허구가 상만의 어깨를 잡아 앞장세웠다. 조금 지켜보니 허구 어머니는 다정이 넘쳐 피곤한 스타일 같았다. 상만에게는 그조차 부러운 일이었지만.

2

허구의 방이 있는 2층 거실은 1층보다 작은 대신 테라스가 있었다. 산과 들판과 시냇물. 늘 보던 풍경인데 거실 통유리창으로 보자 액자에 담긴 근사한 그림 같았다. 집 마당은 하얀 나무 울타리로 경계를 나눈 넓은 과수원과 이어져 있었다.

"과수원은 누가 해? 아버지가 하셔?"

"그럼 내가 하겠냐."

별 뜻 없이 건넨 말에 허구가 무지르듯 말하자 상만은 머쓱해졌다. 기분을 눈치챈 듯 허구가 조금 부드러운 목소리로 보탰다.

"과수원 관리하는 아저씨가 있어."

아무래도 서울 살던 사람들이 직접 과수 농사를 짓기는 무리일 것이다. 허구가 갑자기 장난기 어린 얼굴로 문 하나를 가리켰다. 뒤란 쪽 벽에 난 문은 다른 방문들보다 폭이 좁았다.

"개구멍 문이야. 이 집에서 제일 맘에 들어."

상만은 그 문을 열어 보았다. 외벽으로 난 철 계단이 창고의 슬라브 지붕과 연결돼 있어 1층을 통하지 않고 밖으로 나갈 수 있었다. 이 좋은 집에서 가장 마음에 드는 게 개구멍 문이라니. 상만은 자신이 그 문을 가장 많이 이용하게 되리라는 사실을 알지 못한 채 혀를 찼다.

"너, 막내야?"

상만은 궁금했던 것을 물었다.

"아니, 외동."

상만은 허구 어머니의 태도가 조금 이해됐다. 외숙모는 딸이 둘이나 있는데도 아들인 외사촌 형만 떠받드는데, 늦둥이 외아들이니 오죽할까 싶었다.

허구가 문을 열고 방으로 들어갔다. 방 두 개를 터서 만든 방은 침실과 공부하는 공간이 나뉘어 있었다. 침대와 옷장, 책상과 책장, 작은 테이블, 기타, 카세트 라디오, 최신 워크맨……. 상만은 배달을 다녀 시내 가정집 내부를 웬만큼 알았다. 방까지 들어가 본 적은 없지만 제천에서 자식 방을 이렇게 잘해 놓은 곳은 더 없을 게 분명했다. 상만은 휘둥그레진 눈으로 방 안을 두리번거렸다.

"여기 앉아."

허구가 창가의 테이블 의자를 빼 주며 말했다. 의자에 엉덩이를 걸친 상만은 밖을 보았다. 거실 창과 다른 방향인 창문으로 하천 건너 도심지가 보였다. 사람 태운 기차보다 시멘트 실은 기차가 더 많이 다니는 철도와, 현실에서 도망쳐 어디로든 떠나고 싶게 만드는 기차역, 사람들이 복작대며 사는 시장통과 자신이 얹혀 지내는 외삼촌 집이 있는 곳이었다. 허구의 방은 배달 온 자신은 물론 보통 사람들의 현실과도 동떨어진 세계 같았다. 방 주인도 그런 존재로 보였다. 상대에게 주눅 들 때 초라해지지 않는 방법은 그 사실을 인정하는 것뿐이다.

"방 좋네. 공부가 저절로 되겠다."

상만은 아랫배에 힘을 주며 허구 앞에서 유일하게 내세울 수 있는 공부를 들먹였다. 아직 시험을 보지 않아 허구의 실력은 알 수 없지만 그가 공부 잘한다는 말은 소문으로도 없었다. 지금까지 허구는 수업 시간보다 쉬는 시간과 점심시간에 더 큰 존재감을 드러내는 아이였다. 물론 늘어놓는 뺑과 인심 좋게 써 대는 부모의 돈 때문이다.

"저절로 되는지 네가 한번 해 볼래?"

허구가 피식 웃으며 말했다. 여기서 공부를? 순간 가슴이 뛰었던 상만은 곧 빈말에도 덥석 마음이 동하는 자신이 창피해졌다.

"말이 그렇다는 거지. 이런 방은 연속극에서나 봤다."

"그럼 실컷 구경해."

기타를 집어 든 허구가 줄을 몇 번 튕기더니 요즘 유행하는 가요를 연주하기 시작했다. 썩 잘 치는 건 아니었지만 어색한 공기를 누그러뜨리기에 충분했다.

의자에서 일어선 상만은 침실과 공부방 사이에 놓인 장식장 앞으로 가 카세트테이프들을 살폈다. 진짜 듣는지 몰라도 가요부터 팝송, 클래식까지 허구의 음악 취향은 폭이 넓었다. 그리고 다른 칸에는 실제와 똑같이 생긴 각종 자동차 모형들이 진열돼 있었다.

"어, 나도 이거 있는데."

상만은 장난감 경찰차 하나를 집어 들었다.

"너도 그게 있다고?"

허구가 기타 치던 손길을 멈춘 채 물었다. 그러곤 상만을 빤히 보았다. 상만은 그 눈빛이 부잣집 아이나 갖고 놀았을 법한 외제 장난감이 어떻게 너에게 있느냐고 묻는 것 같았다. 마치 모든 특권은 자기 것인 양 구는 태도에 상만은 발끈했다.

"응, 엄마가 어릴 때 사 줬어. 고장 났지만 지금도 갖고 있어."

솔직히 경찰차를 어떻게 갖게 됐는지는 몰랐다. 상만이 기억할 때부터 이미 갖고 있었다. 경광등과 사이드미러가 떨어져 나간 경찰차는 엄마하고 찍은 사진과 함께 몇 안 되는 소중한 물건이었다. 허구는 다시 기타를 치기 시작했다.

상만은 허구의 침실을 보았다. 둘이 자도 될 만큼 널찍한 침대 머리맡 벽에 세계지도가 붙어 있었다. 주간지에서 뜯어낸 수영복 입은 배우 사진이나 붙어 있을 줄 알았는데 의외였다.

아무리 허구에게 관심이 없어도 저절로 들려오는 이야기들이 있었다. 상만은 그동안 허구를 부자 부모 덕에 걱정 없이 사는 허풍선이로 생각했다. 집에 와 보니 허구는 자기가 떠벌리는 이야기 속 주인공보다 엄마 치마폭 속 도련님에 훨씬 더 가까웠다. 이 나이에 마마보이로 보이는 건 수치스러운 일이다. 사람에게는 누구나 자기 치부를 덮는 나름의 방법이 있다. 상만에게 그것이 일과 공부라면 허구는 돈이나 허풍일 것이다. 상만도 전학 온 경험이 있어 허구를 이해할 수 있었다.

상만은 허구의 방에서 가장 궁금한 책상 앞으로 갔다. 2단으로 된 책꽂이에 교과서들과 참고서, 문제집들이 꽂혀 있었다. 아직 한 번도 펼쳐 보지 않은 것 같은 그것들은 허구의 방에서 가장 탐나는 물건이었다. 문제집 한번 마음껏 풀어 보는 게 상만의 소원이었다. 부자 아버지, 사랑 넘치는 엄마, 근사한 방 같은 건 너무 큰 사치여서 욕심조차 나지 않았다.

책상 옆의 책장에는 만화, 무협지, 그리고 정체가 불분명한 장르 소설들만 잔뜩 꽂혀 있었다. 책등이 낡은 모양을 보니 허구가 늘어놓은 허풍의 발원지를 알 것 같았다.

상만은 중학교 때 책벌레라고 불릴 만큼 책을 많이 읽었다. 허구의 책들과 수준이 다른 문학작품들이었다. 단짝이던 문호와 경쟁하듯 학교 도서관에서 책을 읽던 추억이 심장 한 귀퉁이를 살짝 흔들었다. 멀어진 둘의 사이만큼이나 아득하게 느껴지는 기억이었다.

노크 소리가 들리고 허구가 대답했다. 아들 방에 노크라니. 상만으로선 처음 보는 광경이었다. 방문이 열리며 허구 어머니와 문 앞에 놓인 상이 보였다. 상만은 반사적으로 달려가 어머니보다 먼저 상을 들었다.

"세상에. 염렵하기도 하지. 고마워."

그깟 일로 칭찬과 고맙다는 말까지 듣는 것도 처음이었다. 만두뿐 아니라 잡채와 전, 떡, 과일로 가득한 상은 잔칫상 같았다.

"며칠 전 우리 구야 생일이었어. 친구들 좀 부르라니까 말을 안 들어서 음식이 많이 남았어. 그때 한 것들인데 입에 맞으려나 모르겠네. 이건……."

"먹자."

이번에도 허구는 자기 엄마 말을 끊으며 상 앞으로 내려앉았다. 이게 다 생일 음식이라고? 상만은 엄마가 세상 떠난 뒤론 아무도 기억하지 못하는 자기 생일을 떠올리며 맞은편에 앉았다.

"잘 먹겠습니다."

상만은 그동안 누구도 챙겨 주지 않았던 생일상을 한 번에 받은 것 같았다.

"더 있으니까 모자라면 또 말하고. 이렇게 친구하고 같이 먹으니까 좋네. 우리 구야는 방귀신이라 노는 날에도 집에만 있어. 앞으로 자주……."

상만은 의아했다. 방귀신이라니. 그럼 일요일마다 애들하고 논 이야기는 뭐지? 허구가 아니라 아이들 입에서 나온 이야기니 거짓일 리 없다. 그러다 상만은 조금 전 본 개구멍 문이 떠올라 슬며시 미소 지었다.

"엄마, 이제 나가. 그러고 있으면 얘가 편하게 못 먹잖아."

허구가 퉁명스럽게 엄마 말을 잘랐다. 상만은 버릇없는 허구 태도에 자기가 다 민망했다.

"응, 그래, 그래. 엄마가 눈치 없이 앉아 있었네. 상만아, 천천히 먹으면서 이야기해. 놀다가 저녁도 먹고 가고."

"아, 네, 감사합니다. 잘 먹겠습니다."

벌떡 일어나 인사한 상만은 편견이나 경계 없이 쏟아지는 환대가 낯설었다. 그가 그동안 받았던 시선은 부모 없는 아이를 향한 동정이나 선입견, 무시와 푸대접이었다. 그런 눈길에서 벗어나기 위해 상만은 허리가 휘게 배달하거나 악착같이 공부해야 했다. 하지만 허구네 집에서는 그의 친구라는 이유만으로 융숭한 대접을 받았다. 단순한 음식 대접이 아니라 존중받는 느낌이었다.

내 처지를 알아도 허구 어머니는 지금처럼 대해 줄까? 상만은 궁금했다. 그리고 착한 아들도, 성실한 학생도 아니면서 존재 자체로 사랑받는 허구가 부러웠다.

3

허구와 둘만 남자 상만 눈엔 음식만 보였다. 생각 가득하던 머릿속마저 텅 빈 채 음식을 기다리는 것 같았다. 상만은 애초에 침샘을 자극했던 만두부터 간장에 찍어 입에 넣었다. 고기가 듬뿍 든 만두는 몇 번 씹지도 않아 사라졌다. 잡채 또한 음미할 새도 없이 배 속으로 미끄러져 들어갔다. 전도 떡도 상만의 젓가락을 바쁘게 했다. 대화 같은 건 나눌 겨를도 없었다. 접시들이 거의 바닥을 드러냈을 때서야 상만은 정신을 차렸다. 허구가 구경난 듯 바라보고 있다 눈이 마주치자 물컵을 밀어 주었다.

"내가 혼자 다 먹었네."

상만이 붉어진 얼굴로 말했다.

"노친네가 좋아할 거야. 그나저나 너, 쌀집 아들 아니었음 굶고

사는 줄 오해했겠다."

허구가 웃으며 한 말에 상만은 마시던 물이 얹혔다. 눈물이 찔끔 나왔을 정도로 가슴이 뻐근했다. 기침도 캑캑 나왔다. 하지만 오해를 바로잡을 기회였다.

"나, 쌀집 아들 아니야. 쌀집은 우리 외삼촌네 거야."

"우리 모친이 알면 더 착하다고 하겠네."

허구가 심드렁히 말했다.

"착하긴. 밥값 하는 건데 뭐. 나 외삼촌네 집에서 살아."

"왜?"

상만이 큰 결심으로 한 말에 허구는 천진한 표정으로 물었다. 상만은 머뭇거렸다. 상만 스스로 자기 처지를 고백한 사람은 지금까지 중학교 때 친구인 문호뿐이었다.

"이야기하기 어려우면 안 해도 돼."

허구가 말했다. 상만은 허구가 자기가 한 말을 딴 데 가서 떠들 애가 아님을 파악했다.

"어려울 거 없어. 나, 부모님이 안 계셔."

"……."

허구는 상만의 고백이 부담스러운 얼굴이었다. 비밀을 알면 지켜야 하는 의무도 따른다는 걸 아는 아이였다. 상만은 허구가 어떤 인간관계를 지향하는지 알 수 있었다. 허구는 반 아이들 모두

와 잘 지내지만 실은 누구와도 친하지 않았다. 집에 온 아이도 상만이 처음인 게 분명했다. 방법이 다를 뿐 상만이 추구해 온 삶의 방식과 비슷했다. 상만도 문호 이래 자기 이야기를 해야 할 만큼 가까운 관계는 만들지 않았다.

"너희 어머니가 날 우리 외삼촌 아들로 알고 계셔서 말하는 거야. 혹시 내가 거짓말했다고 생각하실까 봐."

"근데 넌 딴 데서 살다 왔냐? 여기 말씨가 아니네."

허구가 상만의 가정사는 궁금하지 않다는 듯 화제를 돌렸다.

"인천에서 살다 5학년 때 전학 왔어. 더 전엔 서울에서도 살았었다는데 그건 기억 안 나."

상만은 이곳 말씨가 영 입에 붙지 않았다. 초등학교 때는 그 일로 친구들에게 따돌림을 당했고, 외사촌 형제들에게는 얹혀사는 주제에 잘난 척한다는 오해를 받았다.

"서울 어디? 어딘지 들은 적 없어?"

허구가 물었다. 어쩐지 캐묻는 것 같아 불쾌한 기분이 들었지만 이내 상만은 고개를 저었다. 다른 이야기를 하고 싶었다.

"허구 너, 내 이름 몰랐지?"

"왜 몰라. 지상만이잖아."

허구는 다시 심드렁한 얼굴로 돌아갔다.

"너희 어머니가 물으시기 전에 말이야."

"알고 있었어. 별명이 먼저 나오려고 해서 참은 것뿐이야."

허구가 별명도 알고 있을 줄 몰랐다. 상만의 별명은 이름을 빗댄 지하만, 지렁이, 지하수 등등이 있었다. 유치하기만 한 그 별명들은 웃어넘길 수 있었다. 하지만 허구가 그런 별명을 말하는 건 아닐 터였다. 상만의 또 다른 별명은 쫌생이였다. 남들 다 놀 때도 공부하고, 사다리 타기나 판치기 같은 놀이에 끼지 않자 붙은 것이었다. 자기 별명을 좋아하는 사람은 없겠지만 상만은 싫다 못해 억울하기까지 했다. 내기에 끼고 싶어도 걸 돈이 없었다. 허구를 비롯한 한두 명을 제외하면 돈이 없기는 다 마찬가지였지만 그래도 그들은 거짓말 쳐서라도 용돈을 타 낼 부모가 있었다.

상만은 그동안 대범한 척으로 상처를 덧내는 별명이 별명에 불과한 것임을 증명하려 애썼다. 이번에도 마찬가지였다.

"사돈 남 말 하시네. 네 별명도 만만치 않다."

"그러게. 뺑쟁이와 쫌생이. 어, 이거 무슨 콤비 같은데. 꺼꾸리와 장다리처럼."

허구가 남 이야기인 것처럼 쿡쿡 웃었다.

"너도 어릴 때 그 연속극 봤냐?"

상만이 반가워 물었다.

"당연히 봤지. 여섯 시 반인가에 했잖아. 그거 보려고 저녁 막 빨리 먹던 거 생각난다."

상만은 혼자 밥 먹으며 보던 어린이 연속극이었다. 공통된 화젯거리가 생긴 둘은 한동안 기억을 되살려 그 이야기를 했다. 내용에 관한 기억이 어긋나 옥신각신하고 주제가를 흥얼거리는 동안 상만과 허구는 시답잖은 농담도 주고받는 사이가 돼 있었다.

4

그날 밤, 상만은 다른 일요일처럼 열 시에 가게 문을 닫았다. 그리고 평소대로 상 위에 교과서를 펴고 앉았다. 하지만 여느 날과 달리 집중이 되지 않았다. 자꾸 엄마 생각이 났다. 허구네 집에서 돌아온 상만은 외숙모가 모지락스레 퍼부어 대는 꾸지람을 들어야 했다. 익숙해진 일이었는데 허구 엄마가 아들에게 하는 걸 보고 와서인지 새삼스레 아프고 힘들었다.

상만도 허구처럼 엄마의 하나뿐인 아들이었다. 그가 엄마와 산 건 고작 11년이었다. 상만은 아주 오래간만에 간이 옷장 안에서 상자를 꺼냈다. 허구 것과 같은 경찰차, 일기장 몇 권, 그리고 사진들이 들어 있었다. 얼마 되지 않는 사진들 중 엄마와 찍은 건 한 장뿐이었다. 상만은 너덧 살쯤 된 자신을 안고 놀이터

그네에 앉아 있는 엄마를 들여다보았다. 한 아이의 엄마라고 하기엔 너무 앳돼 보이는 모습이었다. 상만은 엄마와 그 사진을 찍은 게 몇 살 때인지, 어디인지 전혀 기억나지 않았다. 남색 줄무늬 윗도리에 검정색 반바지를 입은 상만은 엄마와 함께인 게 좋은지 활짝 웃고 있었다.

상만은 엄마가 죽고서야 친척이 있음을 알았다. 경찰서에서 혼자 남겨진 상만에게 외삼촌을 찾아 준 것이다. 아빠나 친가에 관해서는 본 적도 들은 적도 없었다. 고아원밖에 다른 선택지가 없었던 상만은 외삼촌을 따라 제천으로 왔다.

외가에는 병든 외할머니와 외삼촌 부부, 고등학생인 외사촌 누나 두 명과 중학생 형이 있었다. 상만을 대하는 할머니의 감정은 양극단을 달렸다. 어린 나이에 고아가 된 외손주를 불쌍히 여기다, 딸 인생을 망친 원수인 양 미워하다 갈피를 잡기 어려웠다. 하지만 상만은 그런 일에 익숙했다. 엄마 또한 상만을 대할 때 그랬다. 어느 날은 상만을 이 세상 전부라며 끌어안고 머리통이며 뺨에 입맞춤을 해 대다가, 또 어떤 날은 술에 잔뜩 취해 신세 망친 새끼라고 독한 말을 퍼붓거나 화풀이 대상으로 삼았다. 상만 역시 엄마가 좋으면서 싫고 미우면서 좋았다.

할머니는 상만이 온 지 1년도 안 돼 돌아가셨다. 더부살이임을 시시각각 일깨워 주는 외숙모와 무뚝뚝하기만 한 외삼촌, 특별히

못되게 굴지는 않았지만 상만을 한식구로 여기지도 않는 외사촌들 틈에서 상만은 마음 붙일 데가 없었다.

중학생이 되면서 상만은 가게에 딸린 방으로 옮겨 갔다. 함께 방을 쓰던 외사촌 형이 공부해야 한다는 이유 때문이었다. 방을 옮긴 상만은 자연스레 가게 일을 돕게 됐다. 외숙모가 가게를 비우면 손님을 응대하거나 전화 주문을 받았다. 외삼촌이 바쁠 때 배달도 다니기 시작했다. 밥값을 하는 것 같아 상만도 그게 편했다. 간이 옷장과 이부자리, 다리를 접었다 폈다 할 수 있는 작은 상이 전부인 초라한 방이었지만 상만은 혼자 있을 수 있다는 게 너무 좋았다. 책도 마음대로 보고, 공부도 하고, 편하게 일기도 썼다. 힘들고 슬프고 외로운 마음을 일기에 풀어놓고 나면 한결 위안이 됐다.

상만이 인문계 고등학교에 진학할 수 있었던 건 외삼촌 덕분이었다. 상만은 공부를 잘했다. 엄마가 들어오지 않는 밤이면 달리 할 게 없어 교과서를 외울 때까지 읽곤 했던 덕이었다.

"상만아, 공부해서 대학 가라. 니 에미 꿈이 여대생 되는 거였는데. 대학 첫 등록금은 어떻게든 해 주마."

그 일을 두고 외삼촌 부부는 종종 말다툼을 했다. 외사촌 형제들은 학교 성적이 좋지 않았다. 큰누나는 여상을 나와 취직했고, 작은누나는 가까이 있는 전문대학에 떨어진 뒤 친척이 하는 미용실에서 일하고 있었다. 외사촌 형 또한 재수까지 했지만 지방의 이름 없는 대학에 다니는 중이었다. 외숙모는 상만이 공고나 상고를 나와 빨리 밥벌이를 하길 바랐다.

"어머니가 상만이 학비 대 주라고 쌈짓돈 모은 거 주셨잖어."

"그게 얼마나 된다고. 그동안 먹이고 재우고 학교 보낸 것만 해도 그것보다 더 썼어."

외숙모는 코웃음 쳤다.

"그래서 애가 학교 갔다 와서 배달하고, 밤에 가게 지키는 거 아녀. 그거 아니더라도 경순이가 국민학교 졸업하고부터 남의집살이하면서 아버지 병원비에, 오래비 학비에, 집에 보탠 게 얼만데. 지금 이만큼 사는 것도 죄다 경순이 덕이여."

"덕은 무슨. 처녀가 애 낳아 집안 망신시킨 게 누군데. 아버님, 어머님도 결국 고모 땜에 화병으로 다 일찍 돌아가셨잖어."

외가에 어떤 공을 세웠든 엄마가 남긴 것은 미혼모라는 추문과 아비 없는 자식인 상만뿐이었다.

여행자 K

1

상만이 허구네 집에 다녀온 뒤에도 둘 사이는 데면데면했다. 하지만 상만은 전과 달리 허구에게 자꾸 신경이 쓰였다. 허구가 반 아이들과 어울리는 모습과 집에서 자신을 대하던 모습을 비교하게 됐다. 그 애의 진짜 모습을 아는 사람은 자신뿐인 것 같았다.

허구는 노트 필기를 안 하거나 숙제를 안 해 와 걸핏하면 벌을 섰다. 그 좋은 방에서 시간도 넘쳐 나는데 숙제나 공부를 왜 안 하는지, 상만은 이해되지 않았다. 쌀자루를 둘러멜 일도 없으면서 농땡이 피우는 아이들은 벌을 서는 게 마땅하다고 생각해 온 상만이었다. 그런데 어느 날 농땡이 피우기로 1등인 허구에게 윤리 공책을 빌려주고 말았다. 윤리 선생은 숙제나 노트 필기를 안

하면 과목은 물론 자신에 대한 무시라고 확대해석해 과도한 벌을 주곤 했는데, 그날은 운동장 열 바퀴가 예고되어 있었다. 상만은 문득 아들이 벌받는 걸 허구 어머니가 아시면 얼마나 속상할까 하는 생각이 들었다. 그리고 허구가 뒷자리의 건들거리는 아이들과 시시덕거리며 운동장을 뛸 모습도 왠지 보기 싫었다.

허구가 공책을 베끼고 돌려주며 말했다.

"고맙다. 우리 모친이 너 또 놀러 오라더라."

상만은 안락하고 쾌적한 방과 맛있는 음식, 따뜻한 어머니가 있는 그 집에 당장 가고 싶었다. 외삼촌이 외출할 일이 많은 일요일보다 토요일 밤이 시간 내기 더 수월했다. 상만은 외삼촌과 단둘이 있는 틈을 타 부탁했다.

"외삼촌, 이번 토요일에 학교에서 밤까지 공부 좀 하고 싶은데요."

토요일 자율 학습은 오후 다섯 시까지였고 자습실은 열 시까지 개방했다.

"그렇게 해라. 앞으로도 특별한 일 없으면 토요일은 학교서 공부하고 와. 외숙모한테는 내가 잘 얘기할 테니께."

한 번만 부탁한 거였는데 뜻밖의 횡재였다.

토요일, 자율 학습이 끝난 다음 상만은 허구네 집으로 갔다. 과수원엔 사과꽃이 구름처럼 피어나고 있었다. 허구의 어머니는 물론 허구네 개 해피까지 그날따라 꼬리를 흔들며 반겨 주었다. 상만은 고향 집이 있다면 이런 느낌일 거라고 생각했다. 그날은 허구 아버지도 있었다. 풍채가 당당하고 호탕한 아버지는 집 앞에 서 있는 검정색 고급 승용차와 잘 어울렸다. 아버지는 사업체가 여기저기 있어 집을 비우는 날이 많다고 했다.

네 사람은 식탁에 둘러앉았다. 뒤란엔 살구꽃과 앵두꽃이 환하게 피어 있었다. 흔하디흔한 그 꽃들은 단란한 가정을 돋보이게 하는 배경 같았다. 식탁 가운데 불판이 놓이고 허구 어머니가 삼겹살을 구웠다.

"이렇게 우리 구야하고 상만이하고 나란히 앉아 있으니 아들이 둘인 것 같네. 그렇지 않아요, 구야 아버지?"

허구 어머니가 구운 고기를 연신 허구와 상만의 앞 접시에 나눠 주며 흐뭇한 미소를 지었다.

"그렇구만 기래. 앞으로 자주 놀러 오고 친하게 지내라. 이때 사귄 친구가 평생 가는 법이야."

허구 아버지는 북한에서 피난 온 실향민이라 일가친척이 없었다. 상만은 끼어들었다는 느낌을 지울 수 없는 외삼촌네 밥상보다 처음 둘러앉은 허구네 식탁이 더 편했다. 상만은 사양하지 않고 고기를 양껏 먹었다. 외삼촌 집에서는 눈치 없는 짓이었겠지만 허구네 집에서는 어머니를 기쁘게 하는 일이었다. 허구 아버지가 술은 어른한테 배워야 하는 법이라며 허구와 상만에게 소주를 한 잔씩 따라 주었다.

"친구 부모면 내 부몬 거이야. 앞으로는 아바지, 오마니로 부르라."

아버지의 말에 상만은 울컥했다.

그 뒤 상만은 토요일마다 허구네 집에 갔다. 상만과 허구는 같이 있을 때 딱히 별 말을 하지 않아도 어색하지 않을 정도로 가까워졌다. 각자 할 일을 하면서 허구의 방에서 시간을 보내는 게 자연스러운 일이 되었다. 외삼촌에게 일이 있는 날이면 가게 문을 닫은 밤에 갔다. 그럴 때면 부모님을 깨우지 않기 위해 개구멍 문을 이용했다. 허구 방에서 자고 새벽에 나올 때도 마찬가지였다.

상만은 허구 방에서 주로 공부나 숙제를 했다. 상만 덕분에 책꽂이의 참고서와 문제집들은 제구실을 했다. 처음 몇 번 상만이 허락을 구하자 허구가 귀찮다는 듯 말했다.

"앞으론 물어보지 말고 마음대로 봐. 어차피 그냥 버릴 거였으니까."

책상까지 상만에게 내준 허구는 침대에서 뒹굴며 만화책이나 보았다. 그렇다고 해서 고맙지 않은 건 아니었다. 상만은 허구가 숙제나 준비물 같은 것을 빠뜨리지 않도록 챙겼다. 허구는 성가

시다고 투덜거리면서도 대개는 상만이 하라는 대로 했다.

상만은 공부하다 쉴 때면 허구와 함께 음악을 듣거나 실없는 장난을 치며 놀았다. 출출해질 때쯤엔 어김없이 어머니의 간식이 찾아왔다. 가겟방에서는 결코 있을 수 없는 편안하고 충만한 시간이었다.

2

시간이 지나자 교실에서도 상만과 허구의 사이가 드러났다. 상만이 허구네 집까지 드나드는 것을 알게 된 반 아이들은 둘 사이를 순수한 우정이라기보다 모종의 계약관계로 보았다. 허구가 숙제나 준비물을 잘 챙기기 시작하자 그의 부모가 상만에게 돈을 주며 시킨다는 말까지 떠돌았다. 상만은 쫌생이 대신 허구 똘마니로 불리기 시작했다. 반면 허구의 평판은 크게 달라지지 않았다. 여전히 그는 인심 좋은 친구였고 명목 있을 때마다 한턱씩 내는 부모를 가진 아이였다.

쫌생이란 별명이 상처를 덧나게 했다면 똘마니는 자존심을 무너뜨리는 별명이었다. 그 별명이 싫으면 허구와의 관계를 친해지기 전으로 돌리면 됐다. 하지만 상만은 이제 그럴 수 없었다. 허구와 그의 집이 없는 삶은 생각만으로도 삭막하고 쓸쓸했다. 그 집에 가면 맛있는 음식과 쾌적한 방뿐 아니라 어머니의 관심과 애정을 나눠 가질 수 있었다. 그리고 친구가 있었다. 허구 가족의 울타리 안에 있으면 열여덟 살 제 나이로 돌아간 것 같았다.

상만은 객지에 나와 세파에 시달리고 부대끼는 사람이 고향 집을 생각하듯 허구네 집을 그리워하며 주말을 기다렸다. 제천에서 산 기간을 통틀어 가장 행복한 나날이 흐르고 있었다. 그 무렵 허구의 노트를 본 것은 신의 축복일까, 저주일까.

모의고사를 앞둔 주말이었다. 허구 방에서 일요일 새벽까지 공부를 한 상만은 거기서 잠들었다간 늦게 깰 것 같아 집에 가기로 했다. 침대에 엎드려 상만의 영어 숙제를 베끼던 허구는 스탠드를 켜 둔 채 잠이 들었다. 상만이 침대로 공책을 가지러 가도 허구는 깨지 않았다.

자기 공책을 챙기던 상만은 그 옆에 있는 푸른색 하드커버 노트를 보았다. 표지엔 아무것도 표시돼 있지 않았다. 처음 보는 노트였다. 혹시 일기인가? 일기를 쓴다고? 허구가? 지켜보는 눈이 없는 양심은 호기심을 이기지 못했다. 노트를 들어 겉장을 넘기자 속표지에 '여행자 K'라고 씌어 있었다. 허구 글씨였다. 다음 장을 넘겨 훑어보니 일기는 아니었다.

'뭐야? 이 자식 글 써?'

반가움과 질시가 뒤섞인 감정이 아랫배를 스쳤다. 상만은 침대맡 스탠드를 끈 다음 책상으로 돌아와 노트를 읽기 시작했다.

*

K는 여행자다. 여행가가 자의적으로 선택한 직업이라면 여행자는 그것이 숙명인 사람들이다. 대부분이 그렇듯 K도 처음엔 자신이 여행자의 숙명을 타고났음을 알지 못했다. K가 처음으로 여행을 경험한 것은 열다섯 살 때였다. 그 여행을 이야기하기 위해선 K의 15년 삶에 대해 좀 더 설명할 필요가 있다.

다섯 살 때 K는 큰 시장에 갔다 엄마를 잃어버렸다. 생일 선물로 장난감을 사러 나온 길이었다. 울며 헤매던 K는 냄새에 이끌려 음식 골목으로 들어섰다. 식당들이 늘어서 있었고 K의 눈높이에 음식들이 즐비했다. K를 붙잡은 건 닭튀김 냄새였다. K는 군침을 흘리며 그 앞에 섰다. 식당 앞에는 양념치킨, 통닭 등을 쌓아 놓고 파는 가판대와 기름 솥이 있었다. 임신한 아줌마가 긴 집게로 기름 솥 안을 젓고 있었다. K는 자기도 모르게 한 걸음 더 다가섰다.

"저리 가. 기름 튀면 데어."

아줌마가 소리쳤지만 K는 꼼짝하지 않았다. 아니, 꼼짝할 힘도 없었다. 그런 K가 딱해 보였는지 아줌마가 집게로 닭튀김 한 조각을 집어 건넸다. 튀김을 받아 든 K는 허겁지겁 먹었다. 튀김 한 조각은 입맛만 돋우

었을 뿐이다. K는 입맛을 다시며 아줌마가 거름망으로 건져 채반 위에 쏟아붓는 튀김을 홀린 듯 바라보았다.

"너, 엄마는 어쩌고 혼자 다녀?"

아줌마 말에 엄마가 생각난 K는 다시 울기 시작했다.

"엄마 잃어버린 거야?"

K는 더 크게 울었다. 닭고기도 더 먹고 싶었다.

"어떡하나? 일단 이리 들어와 있어라."

아줌마는 K를 번쩍 안아 올려 가판대 안쪽의 의자 위에 앉혔다. 그러곤 접시에 닭튀김 부스러기 몇 조각을 담아 주었다.

"울지 말고 이거 먹고 있어. 그럼 엄마가 찾아올 거야."

K는 손과 얼굴에 기름을 묻혀 가며 그것들을 먹었다.

"잘 먹네. 닭고기 실컷 먹여 줄 테니 너 아줌마 아들 할래?"

K를 돌아다본 아줌마가 장난스레 물었다. '닭고기 실컷 먹여 줄 테니'만 들렸던 K는 고개를 끄덕였다. 하지만 곧 K를 찾아다니던 엄마를 만났고 K는 장난감 상자를 품에 안은 채 집으로 돌아왔다. 닭튀김 따위는 얼마든지 먹을 수 있는 집이었다.

*

그 일은 K보다 엄마에게 더 큰 충격을 주었다. K는 엄마가 마흔두 살에 낳은 하나뿐인 자식이었다. 엄마는 K가 유치원은 물론 국민학교를 졸업할 때까지 과잉보호로 일관했다. 엄마가 K를 잃어버리고 받았던 충격과 고통은 K가 엄마를 잃어버렸을 때 느꼈던 공포와 뒤섞여 모자 사이를 특별하게 만들었다. 이후 잦은 이사와 전학으로 친구를 만들기 어려웠던 K는 엄마를 더 의지하고 사랑했다. K는 말 잘 듣는 착한 아이로 자라 중학생이 되었다.

남자아이들만 있는 중학교 교실은 원시적이고 물리적이었다. 표면상 서열은 성적이나 아버지 직업 등으로 매겨졌지만 사각지대의 서열은 주먹의 힘이 좌우했다. 아이들에겐 주먹의 서열이 더 현실적이었다. K는 엄마의 보호가 교실까지 미칠 수 없다는 것과 아이들끼리의 세계를 스스로 헤쳐 가야 함을 깨달았다. 자각과 함께 온 사춘기는 엄마의 사랑을 간섭이나 통제로 느끼게 했다.

그때부터 K는 엄마에게 말하지 않는 게 늘어났다. 학교 축제도 마찬가지였다. K는 남중 축제의 하이라이트인 여장 콘테스트에 참가하게 되었다. 밴드나 춤, 마술 등이 기본적인 실력을 바탕으로 한다면 여장 콘테스트는 분장과 망가짐이 성패를 결정지었다. 반 아이들은 얌전한 범생이가 덫에 걸렸다고 수군거렸지만 K는 콘테스트의 다른 멤버인 L, P, Y와 어울리게 된 게 나쁘지 않았다. 그 아이들은 교실 안 음지의 세계를 쥐락펴락하는 존재들이었다.

그들이 K를 선택한 건 돈 때문이었다. K네는 잘살았지만 부동산 투자회사를 운영하는 아버지가 가족이 사는 집마저 사업 대상으로 여기는 바람에 이사를 자주 다녔다. 친구를 사귀기 어려운 것만 빼면 K는 아쉬운 게 없었다. 그가 필요로 하는 것은 언제나 원하기도 전에 넘치게 주어졌다. 돈은 K의 인생에서 가장 중요하지 않은 것이었다. K는 가장 쉬운 방법으로 그 아이들과 가까워진 게 미안할 정도였다.

중간고사가 끝난 날 K와 친구들은 시장으로 출발했다. K는 엄마에게 친구네 집에서 축제 연습을 할 거라고 둘러댔다. 아이들끼리 시내까지 간다고 하면 엄마는 물건을 사다 주거나, 데려다주겠다고 나설 게 뻔했다. 친구들과 함께 엄마가 운전하는 차를 타고 가, 엄마 앞에서 가발이나 망사 스타킹 같은 것들을 살 수는 없었다.

방과 후 친구들과 어울려 먼 데까지 가는 것은 처음이었다. 그것만으로도 굉장한 일탈 같아 평소보다 피가 세차게 돌았다. K가 건네준 돈 봉투 때문에 아이들은 아주 호의적이었다. 그들은 우르르 몰려다니며 화려한 의상이며 액세서리를 사 댔다. 지갑이 두둑하니 이것저것 마음대로 살 수 있었다. 아이들은 물주인 K에게 더없이 친절했고, K는 교실을 휘어잡는 아이들과 함께 다니는 기분에 어깨가 치솟았다.

화장실에 간 넷은 나란히 서서 소변을 보았다. K는 그들 무리의 일원이 된 것 같아 뿌듯했다. 그런데 흥분해서인지, 시장이 너무 복잡해서인지 계속 속이 울렁거렸다. 먹자골목으로 간 아이들은 분식 종류를 파는 포장마차에서 이것저것 잔뜩 시켰지만 K는 메슥거려 아무것도 먹지 못했다. 그릇들이 비어 갈 무렵 셋 중에서 리더 격인 P가 선심 쓰듯 말했다.

"너도 이제부터 우리 들개파 해라."

"3학년 형도 있고, 고등학생 형도 있어. 세력을 키우는 중이야. 조만간 짱돌파하고 한판 뜰 거거든."

"들개파에 들어오면 아무도 못 건드려."

K는 그들의 일원이 되는 것은 좋았지만 들개파, 짱돌파 같은 유치하고 우스꽝스러운 이름에 웃음이 터져 나오려고 했다.

"너 지금 뭐냐? 혹시 비웃은 거냐?"

Y의 얼굴이 사나워졌다. K는 찔끔해서 표정을 가다듬고 말했다.

"고, 고마워. 생각해 볼게."

"니 의견을 묻는 게 아니잖아. 영광인 줄 알라고, 새끼야."

"아, 알았어."

*

흐린 날씨 탓에 일찍 어두워지자 시장 여기저기 불이 켜지기 시작했다. 축제 때 필요한 것을 넘치게 사고 배까지 부른 들개파들은 한껏 건들거리며 걷기 시작했다. 그들은 자신들의 덩치나 힘이 몇 배는 커진 듯한 기분에 빠졌고, 당장 짱돌파와 맞붙어도 이길 것 같았다. 그때 대여섯 살 된 여자아이가 혼자 울고 있는 모습이 눈에 들어왔다.

"길 잃어버렸나 봐."

"우리, 쟤 엄마 찾아 줄까?"

"그래, 파출소에 데려다주자."

기분 좋은 김에 착한 일도 해 보고 싶어진 들개파가 여자아이를 에워싸고 물었다.

"꼬마야, 너 엄마 잃어버렸어?"

"걱정 마. 오빠들이 엄마 찾아 줄게."

"파출소에 가자."

들개파가 손을 내밀자 아이는 더 크게 울었다. 그 순간 K는 강한 기시감을 느꼈다. 그는 엄마를 잃어버렸던 시장 이름을 들어 본 적이 없었다. 어느 시장인지가 중요한 게 아니어서 궁금해하지도 않았다. 그런데 이곳인 것 같았다. 한번 그런 생각이 들자 시장이 낯익기까지 했다. 10년 만에 우연히 온 것도 신기한데 그때의 자기처럼 길 잃어버린 아이까지 보게 되다니. K는 새삼스러운 기분으로 울고 있는 아이를 바라보았다. 그때 어떤 아줌마가 달려와 들개파를 밀쳐 내며 딸을 끌어안았다.

"왜 맘대로 돌아다녀? 엄마 잃어버리면 거지 된다고 했어, 안 했어?"

엄마가 딸을 야단치며 데리고 갔다. 여자아이가 엄마 손을 잡고 가다 돌아다보았다. 아이와 눈이 마주치는 순간 K는 치밀어 오르는 구토에 무릎을 짚었다.

겨우 속을 가라앉힌 K의 귀에 밑도 끝도 없이 욕설이 들려왔다.

"씨발놈들이 디질라고 어디서 길을 막고 지랄들이야. 이 길 전세 냈어?"

놀랍게도 한없이 공손한 자세로 서 있는 들개파의 모습이 눈에 들어왔다. 오토바이를 탄 양아치가 들개파에게 욕을 해 대고 있었다. 어리둥절한 채 양아치의 얼굴을 보던 K는 헉 하고 숨을 들이켰다. 양아치는 바로 K, 자신이었다. 상상해 본 적조차 없는 머리 모양과 옷차림이었지만 분명히 자신이었다. 하지만 그 상황을 지켜보고 인지하는 의식은 확실히 따로 있었다. K는 몸을 양아치에게 뺏긴 채 자신은 모기나 하루살이 같은 벌레로 바뀐 건 아닌지 더럭 겁났다.

욕설만으로 성이 안 차는 듯 오토바이에서 내린 양아치가 들개파들 머리통을 차례로 후려갈겼다. 들개파의 기개는 어디로 갔는지 아이들은 찍소리 없이 당하고 있었다.

"앞으로 길 막지 말고 찌그러져 다녀라."

K의 모습을 한 양아치는 마지막 으름장을 남긴 뒤 오토바이를 타고 사라졌다.

"야, 너 왜 그래? 어디 아파?"

P의 말에 K는 정신을 차렸다. K는 무릎을 짚은 채였고 K 외에는 아무도 양아치를 보지 못한 것 같았다.

"뭐야, 저 아줌마. 좋은 일 좀 하겠다는데."

Y가 투덜거렸다. 얼떨떨한 기분으로 아이들을 따라가던 K가 다음 골목으로 접어들었을 때, 또 한 번 심한 구토 증상과 함께 들개파가 온데간데없이 사라졌다. 그리고 오토바이 소리와 함께 아까 그 양아치가 다시

나타나 근처 닭집 앞에서 멈췄다. 또다시 몸이 없어진 K는 혼란스러운 마음으로 그 광경을 지켜봤다.

"이놈의 새끼, 배달 안 하고 어디 가서 처놀다 이제 기어 와?"

닭집 아줌마가 집게를 휘두르며 소리 질렀다. 양아치 엄마인 모양이었다.

"아, 씨, 왜 맨날 나만 시켜. 형들이랑 용수만 자식이고 나는 주워 왔어?"

양아치가 더 큰 소리로 대들었다.

"그래, 주워 왔다. 주워 와서 이만큼 먹이고 입혔으면 밥값 해야 할 거 아니야. 열다섯 살이나 처먹은 게 사고만 치고 돌아다니고, 서방 복 없는 년은 자식 복도 없다더니, 에구, 내 팔자야."

양아치의 엄마가 외운 것처럼 줄줄 쏟아 놓으며 자기 가슴을 팡팡 때렸다. 어렴풋한 기억 속에서 엄마를 잃어버린 자신에게 닭튀김 조각을 건네주던 아줌마가 떠올랐다. 아무래도 그 아줌마 같았다.

"씨발, 그 소리 좀 그만해. 돌아 버리겠으니까."

양아치는 오토바이에 시동을 걸더니 부르릉 하고 사라져 버렸다.

"오늘도 안 들어오면 호적에서 파 버릴 줄 알아."

양아치의 엄마가 고래고래 소리 질렀다. 엄마나 아들이나 남의 시선 따위는 아랑곳하지 않았다.

"야, 뭐 해. 빨리 안 오고."

K는 Y가 잡아끄는 바람에 화들짝 정신이 들었다. 그는 들개파와 함께 시장 거리에 서 있었다.

방금 전 상황은 K에게만 일어난 일이었다. 첫 번째 여행이었다. 물론 처음엔 그게 무엇인지조차 알지 못했다. 꿈을 꾼 것 같았지만 분명히 시장 한복판에서 실제 겪은 일이었다.

*

K는 그 일을 떨쳐 버릴 수 없었다. 꿈이든, 환영이든 왜 내가 양아치의 모습으로 나타나 들개파를 혼내 준 걸까? 잠재의식 속에 있는 들개파에 대한 두려움 때문이었을까? 아니면 엄마를 잃어버렸을 때의 공포? 양아치의 모습은 엄마를 영영 잃어버렸을 때의 내 모습인가? K는 고개를 절레절레 저었다. 두 번 다시 떠올리고 싶지 않은 아들과 엄마였다.

K는 그날 보았던 광경을 아무에게도 말하지 않았다. 스스로도 믿기지 않는 일이었고, 엄마가 이 사실을 알았다간 통제가 더 심해지는 것으로도 모자라 엄마와 나란히 병원에 입원하게 될지 몰랐다.

1년이 지났다. 연례행사처럼 이사와 전학도 한 차례씩 했다. 시장에서의 일을 불가사의한 해프닝으로 받아들였을 즈음 K는 길에서 또 이상한 상황과 맞닥뜨리게 됐다. 지하철을 타기 위해 계단을 내려가던 K는 심한 구토 증세를 느꼈다. 시장에서처럼 몸이 사라진 K에게 체크무늬 셔츠에 낡은 청바지 차림을 한 20대 초반의 청년이 보였다. 파마를 한 건지 원래 그런 것인지 구불거리는 머리카락을 어깨까지 기른 청년에게선 색다른 분위기가 풍겼다.

청년은 사람들에게 외국어로 길을 묻고 있었다. 시장에서 양아치가 자신이란 걸 한눈에 알아봤던 것과 달리 청년은 한동안 지켜보고서야 어딘지 모르게 자기와 닮았음을 깨달았다. 청년의 말은 프랑스어 같았다. 사람들은 청년이 외국어로 말을 걸자 피했다.

"도와주세요. 여기 어디예요?"

청년은 어눌한 한국어로 말하며 주위를 두리번거렸다. 마치 미아가 된 것 같은 표정이었다. 청년이 찾는 곳이 어딘지 그의 손에 들린 쪽지를 보고 싶었지만 이번에도 K는 아무것도 할 수 없었다.

"걸리적거리게 왜 그러고 서 있어?"

한 아저씨가 툭 치며 지나가는 바람에 K는 현실로 돌아왔다.

이번엔 그냥 넘어갈 수 없었다. 도대체 그 청년은 누굴까? 그 앞에서 내 모습이 사라진 걸 보면 분명히 나와 상관이 있는 사람이다. 닮은 것도 같으니 혹시 나의 미래? 그렇다면 불과 몇 년 뒤 일인데 왜 한국말을 못하는 거지? 다섯 살 때 엄마를 끝내 찾지 못한 나일까? 한국말을 못하는 걸 보면 해외로 입양됐을 수도 있다. 외국에서 살다 청년이 돼 자기 부모를 찾아온 걸까?

그 뒤 K에게는 서너 달 간격으로 같은 일이 일어났다. 한번은 들개파 일원이 돼 학교를 그만둔 모습을 보았다. 또 한번은 아버지가 전화로 누군가로부터 협박당하는 장면이었다. 고등학교 입학을 앞두고 있을 때로 자신이 등장하지 않는 상황이 처음이었다. K는 그즈음 아버지의 일이 건강하거나 떳떳한 사업이 아님을 짐작하고 있었다. 아버지는 전화기에 대고 사정했다. 그 아이만은 그냥 두게. 그 아이는 나일까? 누군가 나를 인질 삼아 아버지를 협박하고 있는 걸까?

*

K는 자신에게 일어난 일이 무엇인지 알기 위해 미친 듯이 헤맸다. 해답지가 없었으므로 스스로 답을 찾아야 했다. 판타지나 공상과학물의 힘을 빌리지 않고서는 자신에게 생긴 일을 납득하거나 이해할 길이 없었다. 닥치는 대로 책을 읽고 영화를 보며 비슷한 경우를 찾고자 애쓴 끝에 K는 자신이 특별한 곳에 갈 수 있는 여행자라는 결론을 내렸다.

그동안 목격한 것들로 미루어 시간 여행자는 아닌 게 분명했다. 여행은 자신이 있는 물리적 장소에서 벌어지는 일을 보여 줬지만 그건 K의 과거도 미래도 아니었다. 굳이 이름 붙이자면 '가지 않은 길'로의 여행이라고나 할까. 만일 과거의 어느 갈림길에서 A가 아닌 B를 선택했다면, 혹은 C나 D를 선택했다면 K의 삶은 어떻게 됐을까? K는 자신이 이미 겪었거나 겪을 일이 기다리고 있는 시간으로가 아니라, 어쩌면 자신의 삶일 수도 있었던 B나 C, D……의 세계로 여행하는 것이다. 상상의 세계가 아니다. 그곳은 B, C……를 선택한 K의 또 다른 세계다. K로부터 파

생됐지만 현재의 K와 상관없는 세상이고 각각의 세계마다 시간도 다르게 흐른다.

허구의 글을 보고 난 상만은 제일 먼저 '이게 뭐지?' 하는 생각이 들었다. 여행자 어쩌고 하는 허무맹랑한 내용만 빼면 허구의 자전적 이야기 같았다. 상만 눈에도 간혹 과하다 싶은 허구 어머니의 아들 사랑이 어디서 비롯된 것인지 알 수 있었다. 가끔 옆에 있는 사람이 민망할 만큼 부모에게 매몰차게 구는 허구의 태도마저 이해됐다.

그런데 배가 아팠다. 허구가 글을 쓴다는 사실 때문이었다. 내용 자체는 별게 아니었다. 친구들에게 돈이나 상납하는 지질한 호구가 히어로물 주인공처럼 자신에게 특별한 능력이 있다고 상상하며 위안 삼는 이야기에 불과했다.

상만도 작가를 꿈꾸었던 적이 있었다. 일기를 쓰면서 글 쓰는 재미를 느꼈고 중학교 때 문호와 함께 백일장에 나가 상을 받기도 했다. 하지만 고등학생이 되면서부터는 일기조차 쓰지 않았다. 시간과 마음의 여유가 없어서이기도 했지만 더 이상 자신을 들여다보고 싶지 않아서였다. 일기는 물론 수필이든 소설이든 글엔 그 글을 쓴 사람이 담길 수밖에 없었다. 감추고 싶은 삶과 내면이 어쩔 수 없이 드러났다. 상만은 그게 싫어 글쓰기를 그만두었는데 허구는 자신의 지질한 모습까지도 거리낌 없이 드러내고 있었다. 자신감이 아니면 할 수 없는 일이었다. 거기에다 제법 글솜씨까지 갖췄다. 상만은 맹렬한 질투심을 어쩌지 못했다.

허구가 가진 배경은 그가 노력해서 얻은 게 아니었다. 누구도 부모를 선택할 수 없으니 운이 좋았을 뿐이다. 그동안 허구가 가진 것들이 부러우면서도 당당할 수 있었던 이유였다. 하지만 노트의 글은 한 글자, 한 글자 허구 힘으로 써 내려간 것이다. 상을 받기 위해서, 무엇이 되기 위해서 같은 목적도 없어 보였다. 오로지 즐거움이나 자기만족을 위한 글이었다. 허구는 글을 쓴다는 것을 상만에게 말한 적이 없었다. 상만은 그 사실에도 상처받았다.

3

여름방학을 앞두고 도서관 게시판에 공모전 포스터가 붙었다. 서울의 한 사립대학교에서 주최하는 고교생 대상 공모전이었다. 시, 수필, 소설 등 부문별로 상금과 함께 국어사전이 부상으로 주어졌다. 또 차상, 차하만 돼도 그 대학 국어국문학과 지원 시 가산점을 받을 수 있었고 장원은 1학년 등록금까지 면제였다. 상만은 등록금 면제나 입시 가산점은 물론 상금, 부상까지 탐나지 않는 게 없었다.

문호가 포스터 앞에 서서 공모전 내용을 옮겨 적는 것을 본 상만의 심사는 더욱 복잡해졌다. 도내 백일장을 휩쓸고 있는 문호 별명은 대문호였다. 같은 고등학교에 지원할 때까지만 해도 상만은 둘의 우정이 영원할 줄 알았다. 그런데 문호가 상만이 짝사랑하던 중학교 문예반 선생님에게 상만의 개인사를 말한 것이다. 좋아하는 상대로부터 동정받는 것처럼 비참한 일은 없었다. 상만은 문호에게 절교를 선언했다.

고등학교에 입학한 상만은 문호와 같은 반이 아니라서 다행이라고 여겼는데 2학년 교실에서 만났다. 문호는 상만의 냉담함을 이해한다는 얼굴로 화해를 시도해 왔다. 상만은 그게 마치, '네 처지를 아니까 내가 봐주고 기다려 줄게.' 하는 태도 같아 더 기분 나빴다. 상만이 허구와 친해지자 문호의 눈빛은 경멸로 바뀌었고 둘 사이는 전보다 더욱 벌어졌다.

상만은 문호가 공모전을 주최한 대학에 가고 싶어 한다는 걸 알고 있었다. 그 대학 국어국문학과는 문호가 존경해 마지않는 소설가가 교수로 있고, 문단에서 이름을 떨치는 작가들을 배출한 곳이었다.

"너 혹시 저런 데 관심 있냐?"

어느 날 허구가 공모전 포스터를 턱짓으로 가리키며 상만에게 물었다.

"그건 왜?"

"뭐 그냥, 자꾸 들여다보길래."

"관심은 네가 있겠지."

상만이 퉁명스레 대꾸했다.

"무슨 소리야?"

"시치미 떼지 마. 여행자 K인가 하는 글 봤으니까."

허구 표정이 잠시 복잡해졌다.

"어떻디?"

화를 내려다가 마는 기색이 역력한 얼굴로 허구가 물었다. 훔쳐봐서 기분 나쁜 것보다 내용에 대한 반응이 더 궁금한 눈치였다. 읽은 사람의 반응을 궁금해한다는 건 그 글이 혼자만의 일기 같은 게 아니라는 뜻이다.

"뻥쟁이 아니랄까 봐 구라가 아주 찰지던데. 완성해서 공모전에 한번 내 봐."

상만이 슬쩍 부추겼다. 인생의 쓴맛에 대한 경험이라곤 보약 먹을 때가 다일 허구에게 실패를 맛보게 해 주고 싶은 마음이 불쑥 차올랐다.

"싫어. 귀찮아."

"아깝다. 소재가 특이해서 잘 고치면 상 받을지도 모르는데."

그런 허무맹랑한 이야기가 뽑힐 리 없다고 생각하면서도 상만은 말했다.

"그럼 네 이름으로 내 볼래?"

"뭐?"

상만이 놀라 물었다.

"상 받으면 다 네 거 해."

어이없는 제안이었지만 상만은 단번에 거절하지 못했다. 망설임을 수락으로 받아들였는지 허구가 마음대로 고쳐도 된다는 말을 덧붙였다. 결국 상만은 방학 동안 허구의 노트를 원고지에 옮기기 시작했다. 자신도 모르는 새 글 쓰는 재미에 빠져 하다 만 것 같은 이야기에 내용을 보태기까지 했다. 제목도 '여행자 K의 가지 않은 길'로 바꾸었다.

K가 가장 궁금한 것은 왜 자신에게 그런 능력이 주어졌는지, 그 대가로 무엇을 치러야 하는지였다. 소설이나 영화 속 여행자들에겐 여행을 통해 자신의 잘못된 삶을 바로잡거나, 삶의 의미를 깨우쳐 인류 공영에 이바지하거나, 자신의 특별한 능력으로 위기에 빠진 지구를 구하는 따위의 사명이 주어졌다. 그런데 아무리 생각해도 K는 자신이 그런 큰 임무를 맡을 만한 위인이 못 되는 것 같았다. 신의 실수로 잘못 주어진 능력 같아 괴로웠다.

어느 날 K는 편지 한 통을 받았다. 편지에는 자신이 여행자임을 자각한 사람만 받을 수 있는 것이라고 씌어 있었다. 계속 여행자로 살 것인지, 아니면 포기할 것인지 묻기 위한 절차였다.

'포기한다면 24시간 안에 이 편지를 태우십시오. 그것으로 당신은 여행자의 숙명에서 벗어날 수 있습니다. 하지만 편지를 태우지 않으면 당신은 평생 여행자의 삶을 살아야 합니다. 여행자의 숙명이 신의 축복인지, 저주인지는 그 삶이 다하기 전에는 알 수 없습니다.'

K는 고민을 거듭하며 그동안 자신이 본 것들을 떠올렸다. 사람들은 늘 선택하며 살아간다. 선택하지 않은, 가지 않은 길에 대해 일말의 후회나 미련도 없는 사람은 없을 것이다. 다른 삶을 안다 한들, 본다 한들 할 수 있는 건 아무것도 없었다. 하지만 포기하기에는 미련이 남았다. 여행자의 삶이 익숙해지면 다른 세계의 운명에 개입하는 방법을 찾게 될지도 모른다. 그러면 양아치를 정신 차리게 하고, 장발 청년이 찾는 곳을 알려주고, 들개파가 된 자신을 학교로 되돌아오게 하고, 아버지를 협박으로부터 구해 줄 수도 있다. 하지만 그런 것이 자신의 삶일까. K는 온전히 자신의 삶을 살고 싶었다.

K는 마음이 바뀌기 전에 라이터를 켰다. 불꽃이 유혹하듯 혀를 날름거렸다. K가 불을 붙이자 편지는 곧 재도 남기지 않고 사라졌다. 대신 K의 앞엔 무수히 많은 '가지 않은 길'이 놓였다. 가지 않은 길을 아쉬워하며, 또는 후회하며, K는 앞에 놓인 자신의 길을 걷게 될 것이다.

"어때?"

상만은 자신이 더한 결말을 읽은 허구의 반응을 살폈다. 심장이 두근거렸다.

"내 생각하곤 전혀 다른 결말이지만 마음대로 하라고 했으니, 뭐."

허구는 문제집을 마음대로 보라고 할 때와 비슷한 얼굴로 말했다.

그 소설은 '구성이 허술하고 내용도 다소 황당하나 신선하고 필진성이 있으며 삶에 대한 나름의 사유가 엿보인다'는 평과 함께 차하로 뽑혔다. 정식 발표 전 담임이 종례 시간에 그 사실을 알려 주었다. 대학교에서 상장과 부상을 보내오면 조회 시간에 교장이 수여식을 할 거라고 했다. 아이들이 웅성거렸다.

가슴이 덜컥 내려앉은 상만은 자기도 모르게 뒤를 돌아다보았다. 소유권을 주장하기는커녕 남 일인 듯 관심 없는 허구의 표정을 보곤 안도의 숨을 내쉬었다. 앞으로 고개를 돌리던 상만은 문호의 눈길과 부딪혔다. 순간 시선을 피했지만 문호는 놀람과 부러움과 질시가 뒤섞인 감정을 숨기지 못했다. 짜릿한 쾌감이 상만의 몸을 휩쌌다.

"무덤까지 비밀 가져갈 거니까 걱정 마. 어차피 상 받은 건 네가 붙인 결말 덕분일 거야. 꼰대들은 편지를 태운 결말에 안심했을 테니까."

허구의 말이 옳았다. 허구 글을 그대로 냈으면 떨어졌을 게 뻔했다. 주제가 뚜렷한 결말 덕분에 뽑힌 것이다. 상만은 커닝해서 좋은 점수 받은 것처럼 불안할 때마다 그 말을 떠올리며 마음을 가라앉혔다.

상만이 공모전에서 받은 차하는 시상 내역 중 가장 낮은 상이었지만 도내 백일장에서 장원한 것보다 더 큰 주목을 받았다. 그 대학 지원 시 얻게 되는 가산점 때문이었다. 아이들은 마치 합격장이라도 받아 놓은 것처럼 상만을 부러워했다. 2학기에도 기숙사에 가지 못한 상만에게도 가산점은 큰 위안이 됐다.

상만은 조회 시간에 아이들 앞에서 교장 선생님으로부터 상을 받았고, 소설은 학교신문 가을 호에 실렸다.

환한 어둠

1

상만은 방 안을 계속 왔다 갔다 했다.

"지상만, 좀 앉아라. 똥파리 날아다니는 거 같아 정신 사납다고."

허구가 기타를 치며 말했다. 상만은 창문을 활짝 열었다. 10월 밤의 쌀랑한 바람이 밀려들었지만 상만의 마음은 식지 않았다. 오자마자 허구에게 모두 털어놓았는데도 계속 그 이야기만 하고 싶었다. 상만은 마음을 가라앉히려고 애쓰며 허구의 책상에 앉아 문제집을 펼쳤다. 글자가 눈에 들어오지 않았다. 그의 마음은 계속 아까 있었던 일을 되감기하며 그 안에 머물렀다. 마치 영화 속 주인공이 된 것 같았고 허구가 치는 기타 선율은 배경음악이었다.

저녁 식사 후 상만은 쌀 한 포대를 자전거에 실은 채 달리고 있었다. 신성철물 3층 살림집이 배달할 곳이었다. 그때까지만 해도 상만 머릿속엔 빨리 배달을 마치고 허구네 집에 갈 생각뿐이었다. 중간고사가 멀지 않았다. 상만은 공모전 입상이 복권 당첨 같은 것이라고 생각했다. 인생 역전이 가능한 1등이 아니라 3, 4등쯤 되는, 그나마도 다른 사람과 돈을 합쳐 산 복권. 그러니 헛꿈 꾸지 말고 빨리 일상으로 돌아가 공부를 해야 한다. 입시 가산점이라는 특전도 그 대학에 지원할 성적이 돼야 유효한 것이다.

철물점 건물에 다다른 상만은 쌀 포대를 둘러메고 3층으로 올라갔다. 초인종을 두 번이나 누른 뒤에야 안에서 누구냐고 묻는 소리가 들려왔다.

"쌀 배달 왔는데요."

철문이 열리고 또래 여자애가 샴푸 냄새를 풍기며 모습을 드러냈다. 막 머리를 감은 듯 수건으로 감싸고 있던 그 애는 상만을 보자 놀란 기색이 역력했다. 상만 또한 철물점 안주인이 아닌 딸의 등장에 당황했다.

"싸, 쌀 왔는데 어, 어디다 놓을까요?"

상만이 말을 더듬었다.

"엄마가 부엌에 놔달랬어요."

상냥한 목소리였다. 상만이 신을 벗고 거실로 들어서려는데 그 애가 "잠깐만요." 하고 외치더니 발 앞에 실내용 슬리퍼를 놓아

주었다. 상만은 슬리퍼에 조심스레 발을 넣었다. 처음 겪는 또래 여자애의 친절이 쑥스러우면서도 좋았다.

슬리퍼를 신은 상만은 평소보다 훨씬 가뿐하게 여겨지는 쌀 포대를 들고 성큼성큼 마루를 지나 부엌으로 갔다. 그 애가 따라와 부엌 불을 켜 주었다. 시선이 느껴졌다.

'혹시 발 냄새가 나서 슬리퍼를 준 걸까?'

문득 든 생각에 식은땀이 흘렀다. 상만은 자기도 모르게 이마를 훔쳤다.

"더운가 봐요. 시원한 물 한잔 드릴까요?"

"네, 아뇨, 저……."

"뭐라고요?"

그 애가 웃으면서 장난스럽게 물었다. 얼핏 본 그 애 얼굴엔 호의가 어려 있는 것 같았다.

"아니, 저, 쌀, 통에 부어 드릴까요?"

긴장이 조금 풀린 상만도 웃으며 물었다. 허름한 옷차림과 발 냄새가 신경 쓰여 빨리 그 집을 벗어나고 싶으면서도 그 애와 같은 공간에 좀 더 머물고 싶었다.

"잠깐만요. 엄마한테 물어보고요."

그 애가 인터폰을 했다.

"그냥 부엌에다 놔달라고 해."

철물점 안주인의 목소리가 들려왔다. 더 머물 핑계가 없어진 상만은 부엌을 나와 현관으로 갔다. 현관에 놓인 해진 운동화가 자신의 모습 같았다.

"저기, 경일고 다니죠?"

벗은 슬리퍼를 가지런히 놓고 신을 신는데 그 애가 불쑥 물었다. 어느 틈엔가 머리를 감싸고 있던 수건은 사라졌다. 물기 때문에 더욱 검고 빛나는 머리가 어깨에 드리워져 있었다.

"네? 네. 근데 어떻게……."

"그럼 지상만 맞지요?"

"어, 어떻게 알았어요?"

어리둥절해진 상만은 혹시 이름표 달린 교복을 입고 있나 옷을 내려다보았다. 물론 외사촌 형한테서 물려받은 낡은 트레이닝복 차림이었다.

"경일고 학교신문에서 소설 봤어요. 동생이 경일중 다녀서 신문 가져왔거든요."

신문에 작은 사진이 실리긴 했지만 단번에 알아보는 게 신기했다.

"난 줄 어떻게……."

"우리 아빠랑 그쪽 외삼촌이랑 친목계원이래요."

들떴던 가슴이 단숨에 폭삭 내려앉았다. 그럼 자신의 처지에 대해서도 잘 알 것이다. 상만은 얼른 그 자리를 떠나고 싶었지만 그 애는 계속 말했다.

"소설 읽고 엄청 궁금했는데 이렇게 딱 만나네요."

상만은 또다시 식은땀이 났다.

"아, 네. 그럼……."

상만이 황급히 인사하고 돌아서려고 하자, "저, 부탁이 있어요." 하고 그 애가 붙잡듯이 말했다.

"뭐, 뭔데요?"

둘은 좁은 현관에 마주 섰다. 심장이 쿵쾅거리는 게 남의 글로 상 받은 소설 때문인지, 코앞에 서 있는 이 아이 때문인지 상만은 분간하지 못했다.

"참, 전 송은주고 명성여고 2학년이에요."

그 애가 자기소개를 했다. 송은주, 단박에 상만의 뇌리에 박힌 이름이 반짝반짝 빛났다.

"정말 반가워요. 저는 시를 써요. 소설 쓰는 분들 보면 대단하다는 생각이 들어요. 어떻게 그렇게 이야기를 만들어 내고 긴 글을 쓰는지 신기해요."

상만은 할 말이 없어 잠자코 있었다.

"아 참, 부탁 있다고 해 놓고. 제가 우리 학교 교지편집부원이거든요. 교지에 인터뷰 좀 해 줄 수 있어요?"

"이, 인터뷰요?"

은주가 쌀가게 방으로 찾아오는 모습이 떠오른 상만은 당황했다.

"네. 우리 지역 화제 인물 코너예요. 편집부에서 그 소설 돌려 읽고 수상자 인터뷰하자는 얘기가 나와서 문호한테 물어봤는데……."

문호란 이름이 송곳처럼 귓속을 파고들었다.

"서문호요? 문호를 어떻게 알아요?"

상만이 자기도 모르게 물었다. 요즘 상만은 수상에 대한 찜찜함과 별개로 문호에게 묘한 승리감을 맛보고 있는 중이었다. 그런데 느닷없이 은주 입에서 문호 이름이 나오자 상만은 경주에서 멀찌감치 따돌렸다고 생각한 경쟁자를 바로 옆에서 다시 만난 기분이 들었다. 둘이 어떻게 아는 사이지? 특별한 사인가?

"문호랑은 문학 동아리 연합 서클 회원이에요."

"아……."

"인터뷰, 실은 내가 하자고 강력하게 우긴 거예요. 거절당하면 제 입장이……."

"네, 할게요."

상만은 대답했다. 은주를 난처하게 만들고 싶지 않았다. 그리고 은주를 또 만나고 싶었다.

"고마워요. 아무래도 일요일이 좋겠지요? 부원들하고 날짜랑 장소 정한 다음 연락할 테니까 전화번호 좀 알려 주세요."

은주는 스스럼없이 전화번호를 물어 왔다. 다행히 가게로 찾아오는 건 아니었다. 상만은 은주가 내민 종이에 가게 전화번호를 적어 주었다. 집 전화와 같은 번호를 쓰고 있었다면 선뜻 알려 줄 수 없었을 것이다. 누나들의 성화로 얼마 전 집 전화를 따로 놓은 게 상만은 마치 자신을 위해서인 것 같았다.

"언제쯤 전화할 건지 알려 주면 제가 직접 받을게요."

외삼촌이나 외숙모가 상만을 찾는 여자애 전화를 받게 하고 싶지 않았다.

"저도 애들하고 의논해 봐야 하니까 내일 저녁 여덟 시쯤 할게요. 그때 괜찮아요?"

일요일 여덟 시면 배달이나 손님이 거의 없을 때다. 외삼촌은 술 한잔하러 나가고, 외숙모도 드라마 보러 집에 들어가는 시간으로 더 이상 적당할 수 없다.

"네, 좋아요."

"정말 고마워요. 내일 통화해요."

상만은 은주네 집을 나왔다. 콘크리트 계단이 구름처럼 둥둥 떠 있는 것 같았다. 건물을 나온 상만은 자전거에 올라탔다. 바퀴가 저절로 굴러가는 기분이었다. 아까는 아무 느낌 없이 지나

쳤던 도로가의 은행나무 잎 하나하나가 별처럼 환했다. 그 빛은 상만이 달리고 있는 길과 마음속까지 환히 비추었다.

2

상만은 결국 공부를 포기하고 허구 쪽으로 돌아앉았다.

"송은주 걔, 나한테 관심 있는 거 맞지?"

"내가 보기엔 인터뷰에 관심 있는 거 같은데."

허구는 계속 기타를 치며 건성으로 대꾸했다.

"내 전화번호 알아내려고 핑계 댄 걸 수도 있잖아."

"그래, 좋을 대로 생각해라."

"정말 문호 자식하고 아무 사이 아니겠지?"

"구경꾼 입장에선 삼각관계가 더 재밌는데."

허구가 실실 웃었다.

"야, 너 자꾸 초 치는 소리 할 거야?"

"너, 삼각관계일수록 밀고 당기기를 잘해야 된다. 초조하고 불안한 쪽이 지는 거니까."

"여자 한번 못 사귀어 본 놈이 아는 척하기는."

상만이 퉁바리를 주었다.

"사귀어 봤는지 못 사귀어 봤는지 네가 어떻게 알아?"

"내 앞에선 뻥칠 생각 마라. 안 통한다."

"그건 마음대로 생각하고, 이 형님이 삼각관계에서 이길 수 있는 방법 한 수 가르쳐 줄까?"

허구의 말에 상만은 귀가 활짝 열렸다. 개미 힘이라도 빌리고 싶은 심정이었다.

"말해 봐."

"무조건 인터뷰를 잘해야 돼. 너한테 호감을 가졌더라도 인터뷰를 잘 못하면 관심이 멀어질 테고, 인터뷰가 목적이었다고 해도 대답을 잘하면 너한테 호감을 갖게 될 거야."

은주에게 잘 보이고 싶어 안달 난 상만은 하나 마나 한 말에 혹해서 물었다.

"그럼 질문지를 미리 달라고 할까?"

"멍청하긴. 달달 외워서 대답하면 없어 보이지. 질문이야 뻔할 거 아냐. 아이디어를 어디서 얻었는지, 쓸 때 어려움은 없었는지, 소설에서 무얼 말하고 싶었는지, 앞으로 어떤 글을 쓰고 싶은지, 수상 소식 알았을 때 어떤 기분이었는지……."

"그래, 진짜 좀 알자. 어디 한번 제대로 말해 봐. 어떻게 아이디어를 얻은 거냐?"

상만이 진지하게 물었다. 아까도 은주가 소설에 대해 물을까 봐 조마조마했었다. 아무리 잘 꾸며 낸다고 해도 허구의 대답만큼 진솔하지는 않을 것이다. 허구가 상만을 바라보았다. 망설이는 표정이었다.

"혹시 어디서 베꼈냐?"

"진짜 알고 싶어?"

"그렇다니까."

잠시 머뭇거리던 허구가 결심한 듯 입을 열었다.

"……실은 그거 내 경험담이야."

"그래. 시장에서 엄마 잃어버리고, 친구들한테 호구 잡히고, 그런 게 진짠 거는 알겠어. 여행이니 뭐니 하는 건 어떻게 된 거냐고."

"그게 내가 경험한 거라니까."

"죽을래? 장난치지 말고. 나 진지하단 말이야."

상만의 얼굴에서 웃음기가 사라졌다. 기타를 내려놓은 허구 얼굴도 마찬가지였다.

"사람들은 자신이 하나의 인생만 산다고 생각하지만 실은 하나의 인생만 안다고 하는 게 더 맞는 말이야."

상만은 무슨 소리야, 란 말이 튀어 나가려는 것을 참고 일단 들었다.

"이를테면 네가 처음 우리 집에 왔을 때 하필 그 순간 내가 아래층에 내려가 널 만나게 됐어. 그 덕분에 지금 우리는 이렇게 이 방에 같이 있을 수 있는 거지. 하지만 그날 내가 아래층에 내려가지 않았을 수도 있고, 내려갔더라도 네가 그냥 갔을 수도 있지. 그 상황은 지금 우리 세계에선 일어나지 않은 일이야. 하지만 그렇다고 해서 없는 일은 아니야. 지금 여기의 우리가 선택하지 않은 삶들이 어딘가에서 진행되고 있다는 거지."

허구가 그렇게 길고 진지하게 말한 건 처음이었지만 상만은 참지 못하고 끼어들었다.

"아, 진짜! 헛소리 그만하고."

허구는 개의치 않고 말을 이어 갔다.

"너도 글 끝에 네 앞에 가지 않은 무수한 길들이 놓여 있다고 썼지? 그 길들이 만든 세계가 실제로 있다는 말이야. 사람들은 그걸 모르고, 나는 그걸 아는 거지. 직접 보기도 했고."

상만은 실랑이를 벌이기 귀찮았고, 어디까지 하나 한번 보자 싶은 심정으로 잠자코 있었다.

"무슨 개소린가 싶은 얼굴이네. 그럼 좀 더 쉽게 설명해 볼게. 여기 라디오가 있지? 자, 주파수를 잡아 볼게. 팝송이 나오네. 또 다른 방송을 잡아 보자……. 여긴 광고, 또 여긴 뉴스. 이렇게 방송국에서 송출하는 전파가 많이 있어. 우리는 한 번에 한 개의 방송밖에 듣지 못해. 하지만 내가 어떤 방송을 선택해서 듣는 동안에도 다른 방송들은 계속 이어지고 있겠지. 내가 안 듣는다고 해서 그 방송이 없는 게 아니잖아. 그런 것처럼 나와 이 방에 있는 너 말고도 이 우주엔 수많은 다른 나와 네가 살아가는 삶이 있다는 거야."

상만은 이야기 내용보다 허구의 열의에 찬 모습이 더 놀라웠다.

"실은 우리가 훨씬 전에 이미 만났던 세계도 있어."

허구가 덧붙였다.

"뭐? 언제? 근데 글에는 왜 안 나와?"

또 무슨 헛소린가 싶으면서도 상만은 호기심이 생겼다.

"그 글이 여행을 전부 기록한 건 아니야. 너하고 내가 다섯 살 때 이웃하고 사는 세계도 있어. 우리가 저 경찰차를 갖고 노는 모습을 보았어."

허구가 묘하게 빛나는 눈으로 대답했다. 상만의 머릿속에 엄마와 살았던 집들이 떠올랐다. 몇 번 이사했지만 방 한 칸과 좁은 부엌뿐인 것은 마찬가지였다. 다닥다닥 붙은 방들에선 엄마들이 자식들에게 악다구니를 쓰거나 술 취한 아빠들이 살림을 부수는 소리가 들려오곤 했다. 서울 살 때도 마찬가지였을 것이다. 허구 글에 나온 양아치네 집이면 몰라도 허구네하곤 먼지만큼의 접점도 없는 삶이었다. 터무니없는 얘기인데도 상만은 그 세계의 자신은 어떻게 살고 있었느냐고 묻고 싶었다. 혹시 허구네와 이웃할 만큼 부자로 살고 있었나? 어쩌면 아버지가 있었을지도 모른다. 아버지가 경찰차를 사 준 걸까? 엄마랑 함께한 사진도 아버지가 찍어 준 걸까? 상만은 여기까지 상상하다 퍼뜩 정신을 차리고 말했다.

"너 어디 가서 이런 소리 하지 마라. 뺑쟁이가 아니라 또라이 소리 듣는다."

진심 어린 조언이었다.

3

은주가 전화하기로 한 시간, 상만은 가게 계산대 앞에 앉아 분초를 재며 벨이 울리기를 기다렸다. 예상대로 외숙모는 집에 가고, 외삼촌도 시장통 사람들과 술 마시러 나갔다. 온 세상이 은주와 잘되기를 밀어주는 것 같았다. 드디어 벨이 울렸다. 송수화기를 들며 상만은 통화하는 동안 제발 손님이 오지 않기를 기도했다. 전화기 속 은주 목소리는 실제보다 조금 더 높게 들렸다.

그들은 중간고사가 끝난 2주 뒤 일요일로 날짜를 정했다. 상만은 토요일이 시간 내기 더 수월했지만 은주가 좋다는 날로 했다.

"장소는 몽블랑 어때요?"

"몽블랑이요?"

외삼촌 가게에서 곡물을 대는 제과점이었다.

"네. 거기가 분위기도 좋고 음악도 좋아요."

다행히 상만은 그곳에 배달 간 적이 없었다. 손님으로 간다고 해도 알아보지 못할 것이다.

"그래요. 저도 좋아요."

"그날은 우리가 낼게요."

"우……리요?"

"임정화라고, 부원이랑 같이 가요."

은주와 단둘이 만나는 줄 알았던 상만은 실망스러웠다.

"참, 같이 나올 만한 친구 있어요? 친한 친구가 본 지상만, 이렇게 한두 줄 넣으면 좋을 거 같은데."

허구밖에 떠오르는 얼굴이 없었다. 같이 나갈 녀석도 아니지만 아직 은주에게 보이고 싶지 않았다. 우연히 허구를 본 외사촌 누나가 잘생겼다며 그를 궁금해하던 게 생각난 때문이었다.

"친구는 있지만 안 나가려고 할걸요."

"그래도 부탁 한번 해 보세요. 뭐, 정 안 되면 할 수 없고요. 그런데 동갑끼리 꼬박꼬박 존대하는 거 어색하지 않아요?"

"그, 그건 그래요."

"좋아, 그럼 지금부터 말 놓자."

상만은 은주와 반말로 이야기를 더 나누었다. 말을 놓자 거리가 성큼 가까워진 것 같았다. 이야기하는 동안 가슴 뛰는 소리가 계속 귓전에 울려 퍼졌다. 이제 인터뷰만 잘하면 된다. 상만은 쓸 때보다 더 열중해서 이미 상까지 받은 소설을 연구하기 시작했다. 소재에 대한 답이 가장 어려웠다. 허구한테 들은 이야기를 그대로 했다가는 미친놈 소리를 들을 게 뻔했다.

고민하던 상만은 인터뷰 전에 그 답을 찾았다. 밤마다 은주 꿈을 꾼 덕분이었다. 은주는 다양한 모습으로 상만의 꿈에 등장했고 그 애의 모습에 따라 꿈의 내용도 달라졌다. 상만은 여러 은주들과 자전거를 타고, 문학을 논하고, 영화를 보고, 싸우고, 입맞추고 안았다. 은주와 키스하거나 포옹하는 꿈은 황홀함과 죄책감을 동시에 느끼게 했다.

생생한 꿈들은 그동안 잊어버렸던 수많은 꿈을 다시 생각나게 했다. 엄마가 살아 있기도 하고, 돈이 하늘에서 눈처럼 쏟아지기도 하고, 유명한 사람이 돼 TV에 나오기도 하고, 다 아는 시험문제인데 답을 못 쓰기도 하고, 문호와 백일장에 나가 주어진 주제에 맞춰 끙끙대며 글을 쓰기도 했다. 그때 느낀 감정들은 꿈을 깬 뒤에도 진짜처럼 뚜렷했다.

그 모든 일이 그저 꿈에 불과한 걸까? 혹시 허구가 말하는 다른 세계의 내 모습은 아닐까? 물론 상만이 그렇게 믿었다는 건 아니다. 소설의 영감을 어디에서 얻었는지, 대답할 거리를 찾게 됐다는 이야기다. 그러느라 중간고사 성적은 1학기보다 떨어졌지만 은주를 만날 기쁨이 속상함을 덮어 버렸다.

인터뷰 전날, 상만은 여느 토요일처럼 허구네 집으로 갔다. 인터뷰가 아니라 데이트 약속인 것 같아 들뜬 마음이 가라앉지 않았다. 허구는 상만을 보자 자기 옷을 꺼내 와 입어 보라고 했다. 남색 점퍼와 회색 나이키 티였다. 운동화도 빌려주었다. 그렇잖아도 허구 옷을 빌리고 싶었는데 말하지 못하고 있던 차였다. 상만은 가슴에 나이키 로고가 커다랗게 새겨진 티를 입자 자신감도 커졌다.

"너 몽블랑 어딘지 알아?"

허구가 불쑥 물었다.

"나 이 동네 산 지 6년 됐거든. 유명한 몽블랑 제과점을 모를 리 있겠냐?"

상만이 거울에 비친 자기 모습을 이리저리 보며 말했다.

"이럴 줄 알았다. 빵집 말고 음악다방도 있어. 다시 알아봐."

허구가 테이블 위의 전화기를 가리켰다. 상만은 얼떨결에 은주네 집에 전화했다.

"우리 낼 만나기로 한 몽블랑……."

상만이 말끝을 흐리자 은주가 대꾸했다.

"왜? 혹시 음악다방 싫어?"

"아, 아니. 음악다방 맞지? 친구가 자꾸 제과점이라고 해서."

상만은 허구에게 눈을 찡긋하며 말했다. 허구가 때리는 시늉을 했다.

"친구랑 같이 있어? 혹시 내 얘기 했어?"

은주가 과민한 반응을 보였다. 상만은 남 이야기나 주절거리는 놈으로 비칠까 봐 대충 얼버무리고 전화를 끊었다.

"음악다방 맞지? 잘되면 내 덕인 줄 알아라."

허구가 공치사를 했다.

"그래, 그래. 잘되면 한턱낼게."

상만은 나이키 티 위에 점퍼를 입었다. 자기 일처럼 신경 써 주는 허구가 고마웠다. 교복 아니면 외사촌 형이 물려준 옷만 입다 세련된 점퍼를 입으니 인물이 달라 보였다. 허름한 바지가 걸렸지만 허구 것은 맞지 않아 빌릴 수 없었다. 바지마저 허구 것을 입으면 상만은 빈껍데기나 마찬가지였다. 허구의 글 덕분에 상을 받고, 은주를 알게 됐고, 인터뷰를 하기로 했고, 인터뷰 장소에는 그의 옷을 입고 나간다. 하지만 상만의 씁쓸함은 오래 머물지 않았다.

4

다음 날 인터뷰 장소로 가던 상만은 몽블랑 제과점을 지나며 가슴을 쓸어내렸다. 허구가 아니었으면 그곳으로 들어갔을 게 분명했다. 은주와 장소가 어긋난 채 하염없이 기다리다 바람맞은 줄 알고 쓰라린 마음으로 돌아가는 자기 모습이 떠올랐다. 상상만으로도 아찔했다. 음악다방 건물이 보였다. 저곳에 은주가 있다. 상만은 문득 허구한테 제과점에서 만난다고만 했지 상호를 말한 적이 있었나, 하는 의문이 들었지만 택시가 갑자기 경적을 울리는 바람에 정신을 차리고 걸음을 서둘렀다.

인터뷰는 성공이었다. 허구가 말했던 질문들은 족집게처럼 정확했다. 시험공부하듯 준비한 답변과 연습 덕분에 상만은 어떤 질문에도 술술 대답할 수 있었다. 이제는 「여행자 K의 가지 않은 길」을 직접 쓴 것 같았다. 아마 허구에게 물어도 상만보다 잘 대답하기 어려울 것이다. 그리고 빌린 것이지만 메이커 옷과 신발이 자신감을 키우는 데 큰 몫을 했다.

"글솜씨만 좋은 줄 알았더니 말도 잘한다."

인터뷰 내용을 기록하던 정화는 상만이 대답할 때마다 감탄했다. 하지만 은주는 별다른 반응이 없었다. 준비해 온 질문을 읽는 은주의 모습은 상만의 기대와 달리 사무적이었다. 은주와 정화의 대화 속에 문호 이름이 나온 게 신경 쓰였다. 정화가 둘 사이에 무언가 있는 듯한 뉘앙스를 풍기자 은주가 해명하듯 말했다.

"그거야 국민학교 동창이니까 편해서 그런 거지."

"문호랑 국민학교 동창이라고?"

상만이 놀라 물었다.

"얘기 안 했나? 6학년 때 딱 한 번 같은 반이었어. 말도 몇 번 안 해 본 사인데 연합 서클에서 만난 거야."

은주는 별거 아니라는 듯 말했다. 상만이 은주에게 한순간에 빠진 것처럼 동창끼리도 언제든지 다른 감정을 느낄 수 있다. 은주와 문호 사이의 연관성이 하나 더 드러나자 상만은 초조해졌다.

"다음 주 일요일에 뭐 해?"

"왜?"

인터뷰 내내 형식적인 느낌이던 은주가 눈을 반짝이며 되물었다.

"시, 시간 있으면 의림지에 놀러 가자고."

상만이 붉어진 얼굴로 말했다. 의림지는 학교 소풍이나 연인들의 데이트, 가족의 나들이 장소로 유명했다. 오리 배를 탈 수 있고, 잔물결이 일렁거리는 호수 주변을 거닐 수도 있다.

"데이트 신청하는 거야?"

정화가 끼어들었다. 상만은 데이트란 말이 부끄러우면서도 설렜다.

"정화야, 같이 가자. 상만아, 우리 둘이 갈 테니까 너도 친구 한 명 데리고 와."

은주가 거절하는 대신 말했다.

"그래, 그럴게."

상만은 허구에게 물어보지도 않고 약속을 정했다. 비록 친구들과 함께지만 은주가 데이트 신청을 받아들인 것이다. 창으로 찬란한 가을 햇살이 비쳐 들었다.

하지만 허구는 단번에 거절했다.

"싫어. 남 데이트에 왜 끼냐."

사정해도 소용없었다. 허구가 아니면 같이 갈 친구가 없었다. 하는 수 없이 은주에게 전화한 상만은 은주가 단둘이 만나자고 하지 않을까 기대했다.

"그럼 다음에 보자."

은주가 말했다. 서운해하는 기색이 느껴졌다. 상만이 용기 내 "둘이서라도 만날까?" 하고 물었다.

"아냐. 다음에 만나."

한편으론 다행인 점도 있었다. 충동적으로 데이트 신청을 했지만 사실 상만은 은주가 만나자고 했어도 걱정이었다. 상만에겐 놀러 갈 시간이나 돈이 없었다. 시간보다 돈이 구하기 더 어려웠다.

그 뒤로도 상만과 은주는 가끔 통화했다. 주로 은주가 집에 아무도 없을 때를 틈타 전화했다. 상만도 혼자 있을 때라야 받을 수 있었다. 제약이 있으니 통화하는 시간이 더 애틋했다. 상만은 은주가 "뭐 하고 있었어?" "오늘도 친구네 갔다 왔어?" "친구랑은 뭐 하면서 놀아?" 등등, 일상에 관심을 보이며 살갑게 물어봐 주는 게 좋았다. 허구의 어머니도 따뜻했지만 그건 어디까지나 어머니가 너무나 사랑하는 아들의 친구에게 보이는 친절이자 베풂이었다. 하지만 은주와는 대등한 관계였다. 은주는 자기 고민도 거리낌 없이 털어놓았다.

"넓지도 않은 땅덩어리에 살면서 이 나이 되도록 서울을 테레비에서만 봤다는 게 말이 돼?"

은주는 집을, 제천을 떠나 서울로 가고 싶어 했다. 서울 하위권 이나 2년제 대학은 지원해 볼 만하다고 했다. 이유는 아주 달랐지만 상만도 떠나고 싶어 하는 은주의 마음만은 백번 공감했다. 제천은 상만에게 결핍과 상처로 가득한 곳이었다.

"뭔가 특별하고 의미 있는 일들은 전부 서울에서만 벌어지는 것 같다니까."

상만은 그렇게 생각하지 않았다. 아무리 서울에서 올림픽이 열렸어도 은주와 만난 게 더 특별하고 의미 있었다. 상만은 어디든 은주와 함께 가고 싶었다. 은주와 손을 잡고 대학 캠퍼스를 걷는 모습을 떠올리면 상상만으로도 손에서 땀이 나고 심장이 터질 것 같았다.

"서울에 있는 아무 대학에라도 붙으면 되잖아. 뭐가 걱정이야."

상만은 말을 하면서 자신과 은주 사이에 금이 쭉 그어지는 느낌을 받았다. 은주와 상만은 처지가 많이 달랐다. 은주 아빠는 가게에서 파는 나사못 종류만큼이나 많은 감투를 쓰고 있었다. 그게 영업 비결인지 제천시 건축 현장에 신성철물 물건이 들어가지 않는 곳이 없었다. 두세 개 모임을 같이하는 외삼촌은 은주 아빠가 제천 돈을 다 거둬들인다고 질시 섞인 농담을 하곤 했다. 그런 집 딸인 은주가 상만처럼 돈 걱정 할 일은 없을 터였다.

"일단 붙으면 보내 주시겠지."

상만이 한풀 꺾인 목소리로 말했다.

"붙어도 안 보내 준다니까 문제지."

은주가 울화통을 터뜨렸다. 은주가 선택할 수 있는 대학은 제천에서 가까운 충주 내 학교뿐이었다. 고모네 집이 있고, 차 시간이 맞으면 집에서도 다닐 수 있다.

"고모네 집에 보내 놓고 감시하겠다는 거잖아. 무조건 서울로 원서 쓸 거라니까 우리 아빠가 뭐라는 줄 알아?"

은주는 자기 아버지를 흉내 냈다.

"그려. 서울대에 붙기만 햐. 여기저기 플래카드 내걸고 동네방네 잔치까지 하고 보내 줄 테니께."

상만은 은주의 흉내에 웃긴 했지만 배부른 투정이라는 생각이 들었다. 은주는 찰밥을 먹을지 팥밥을 먹을지 고민하는 것이지 밥 자체가 없는 게 아니다.

"서울대에 붙으면 보내 준다니 그게 무슨 심보야. 못 가게 하는 것보다 더 짜증 나. 충주에서 얌전하게 학교 다니다 성실한 놈 만나서 시집가래. 그때 혼수 잘해 준다고."

은주의 푸념에 조금씩 피어오르던 상만의 짜증은 시집, 혼수 같은 단어에 자취 없이 사그라졌다. 은주와 연관해선 그런 단어만으로도 마음이 간질간질했다. 은주는 상만이 무슨 상상을 하는 줄 모르는 채 자기 아빠가 정치 문제에는 진보적이면서 딸의 인생에는 케케묵은 사고방식을 가진 이중인격자라고 목소리를 높였다. 자유, 도전, 새로운 경험, 그리고 그것들을 위한 지원은 모두 아들 몫이라고 했다.

"말이 돼? 내 동생은 이제 겨우 중학교 1학년이야."

"그럼 어머니한테 부탁드려 보지."

"엄마? 엄마는 더 막혔어. 점쟁이가 딸이 너무 잘나면 아들 앞길 막는다고 그랬다나. 21세기가 다가오는 세상에 그게 무슨 소리야."

은주가 한숨을 쉬었다.

"아무래도 서울로 가긴 틀린 것 같아."

"서울 가는 길이 대학만 있는 건 아니야. 서울 살게 해 줄 남자랑 결혼하면 되잖아."

상만이 거의 고백하는 것처럼 떨며 말했는데 은주는 발끈했다.

"뭐라는 거야? 내가 좋아하는 글귀 중에 사이프러스는 서로의 그늘 아래서 자라지 않는다는 말이 있어. 난 남편 덕에 살 생각 없어. 부부가 각자 자기 일 갖고 서로 존중하며 사는 게 좋은 거지. 안 그래?"

단호한 은주 목소리에 상만은 정신이 퍼뜩 들었다.

"그, 그래. 나도 그렇게 생각해."

전화로만 이야기하니 생각이 자꾸 샛길로 새서 엉뚱한 대꾸를 하곤 했다. 이러다간 은주가 자신을 대화가 통하지 않는 아이로 여길 것 같았다. 상만은 조급해졌다.

상만은 은주와의 데이트를 꿈꾸며 가게 돈을 꿍치기 시작했다. 아무리 궁해도 10원짜리 동전 하나 손대지 않던 상만이었다. 외숙모도 그의 정직성만은 인정하고 금고 단속을 심하게 하지 않았다. 상만은 그 점을 이용해 물건 판 돈을 빼돌렸다. 의심 사지 않으려면 빼돌리는 횟수나 액수를 요령껏 해야 했고 장부 기록, 금액까지 빈틈없어야 했다. 꿍친 돈은 가겟방 장판 아래 숨겨 두었다. 돈을 빼돌릴 때의 죄책감이나 두려움은 장판 밑에 쌓이는 액수가 늘어 갈 때의 기쁨으로 덮어 버렸다.

5

돈이 어느 정도 모였을 때 상만은 은주에게 만나자고 했다.

"그래. 기분도 꿀꿀한데 롤러장에서 만나자. 스트레스나 풀게."

은주가 선선히 응하자 상만은 마음이 부풀어 올랐다. 상만은 제천 시내 학생들이 다 가 봤다는 롤러장이 처음이었다. 반 아이들이 롤러장 이야기를 할 때마다 공부만 해도 모자랄 판에 놀러 다니는 그들을 한심하게 여겼었다.

가게 돈을 꿍친 것은 물론 일요일 시간을 내기 위해 거짓말까지 한 상만은 은주와 함께 만국기가 휘날리고 최신 음악이 울려 퍼지는 롤러스케이트장에 들어섰다. 허구에게 빌린 옷을 입은 상만은 또래 아이들이 한데 섞여 신나게 달리는 모습을 보자 심장이 쿵쾅거렸다. 상만은 롤러스케이트를 꽤 탔다. 엄마와 살 때 옆방 형 걸 물려받아 배웠기 때문이다. 오래간만이라 은주 앞에서 넘어질까 봐 걱정했는데 몸이 습득한 기억은 고스란히 남아 있었다.

상만은 은주와 함께 신나게 롤러스케이트를 탔다. 남들처럼 노는 게 이렇게 즐겁고 행복할 수 있다는 걸 처음 알았다. 중간중간 아이스크림이나 음료수를 사 먹으며 쉴 때마다 은주는 무슨 말인가 하려다 말곤 했다. 그게 뭔지 몹시 궁금했지만 대화를 나누기엔 음악 소리가 너무 크고 분위기가 소란스러웠다.

그날 밤, 상만은 은주와 롤러장에 갔던 일을 돌이켜 보느라 잠을 이루지 못했다. 은주가 하려던 이야기가 뭘지 궁금했다.

'혹시, 고백?'

상만은 벌떡 일어나 앉았다. 갑자기 방 안이 환해진 것 같았다. 틀림없다. 기다리다 못해 은주가 먼저 말하려는 것이다. 상만은 하루빨리 다시 만나 자신이 먼저 마음을 표현하리라 결심했다.

그런데 은주 전화가 뜸해졌다. 상만이 전화해도 시큰둥하게 받았다. 몸이 단 상만은 급하게 가겟돈을 빼돌린 다음 은주에게 만나자고 전화했다.

"안 돼. 너랑 롤러장 간 거 아빠 귀에 들어가서 엄청 혼났어. 앞으로 남자랑 단둘이 만나다 걸리면 죽을 줄 알래."

은주가 말했다. 더 이상 은주를 못 본다고 생각하니 세상 모든 불빛이 꺼지는 듯했다.

"그럼 여럿이 만나는 건 괜찮아?"

"그러면 학교 일이라고 핑계 댈 수 있어. 근데 넌 같이 나올 친구도 없잖아."

은주는 자기 또한 상만을 만나지 못하는 게 안타깝다는 듯이 말했다.

"친구가 왜 없어. 허구라고, 서울서 전학 온 앤데 개랑 젤 친해."

"혹시 그때 안 나올 거라고 했던 그 친구야?"

"응, 이번엔 억지로 끌고라도 나갈게."

"알았어. 나도 정화랑 같이 나갈게."

은주 목소리가 활짝 개었다.

처음엔 단둘이 아닌 게 아쉬웠는데 다시 생각하니 나쁘지 않았다. 친구들에게 둘의 관계를 공표하는 자리로 삼을 기회였다. 그런 만큼 특별한 곳에서 만나야 했다. 상만은 약속 장소를 경양식집으로 잡았다. 중심가에 있는 화이트엔젤은 얼마 전 새로 생긴 경양식집이었다. 사촌 누나들에게서 주워듣기로 요즘 제일 인기 있는 장소라고 했다. 그런 곳에서 만나 은주를 감동시키고, 늘 신세만 져 온 허구에게도 한턱내고 싶었다. 그것으로 공모전 입상이 허구 덕이었단 사실과 가슴 한쪽에 자리한 껄끄러움을 털어 버리자고 마음먹었다.

허구는 예상대로 싫다고 버티다 상만의 부탁과 협박, 애원이 이어지자 마지못해 따라나섰다.

"자식, 입이 아주 귀에 걸렸네. 너, 나한테 고마운 줄 알아라. 나 아니었으면 몽블랑 빵집에 가서 앉아 있다가 바람맞았을 테니까. 그럼 오늘 같은 날이 왔겠냐."

상만은 자기네 인연이 그깟 일로 어긋나진 않았을 거라고 생각했지만 허구 말을 넉넉한 마음으로 받아 주었다.

"그래, 그래. 다 네 덕이니까 오늘도 부탁한다. 은주 앞에서 내 얘기 좀 잘해 주고, 그담엔 밥만 먹고 알아서 빠져라."

토요일 저녁, 화이트엔젤의 테이블은 꽉 차 있었다. 제천의 연애하는 커플들은 모두 와 있는 것 같았다. 빵집이나 분식집보다 분위기가 훨씬 고급스러웠다. 안쪽 창가 자리에 앉은 상만은 좋아하는 사람을 위해 근사한 장소를 마련한 게 뿌듯했다.

드디어 입구가 환해졌다. 은주가 가게 안으로 들어선 것이다. 상만이 벌떡 일어나 손을 흔들었다. 가까이 다가온 은주가 깜짝 놀란 표정을 지었다. 상만이 아닌 허구를 향해서였다.

"어머, 안녕하세요? 상만이 친구였어요? 세상은 넓고도 좁다는 말이 정말 맞네요."

더 놀란 사람은 상만이었다.

"너네들 아는 사이야?"

허구는 어리둥절한 표정으로 고개를 저었다.

"아니, 모르는데……."

"전에 몽블랑 빵집에서 봤잖아요. 고로케요……. 기억 안 나요?"

은주가 서운한 기색으로 말했다. 허구는 무언가 생각난 모양으로 의자 등받이에 기대고 있던 몸을 조금 일으켰다.

"아, 고로케……. 생각나네요."

"뭐야? 무슨 소리야?"

상만은 조바심치며 물었다. 허구가 설명했다.

"케이크 사러 갔다가 우연히 마주친 적 있어. 눈썰미가 좋네요. 단박에 알아보고."

긴장했던 상만의 표정이 풀어졌다.

"하여간 여긴 바닥이 좁아서 나쁜 짓도 못해. 암튼 구면이니 좋네. 그래도 정식으로 소개할게. 여긴 허구. 그리고 이쪽은 송은주."

상만의 소개에 허구가 새삼스레 고개를 숙였다.

"안녕하세요? 이름은 허구고 별명은 뻥쟁이입니다."

허구의 너스레에 은주가 쓴웃음을 지으며 고개를 까딱했다. 상만의 친한 친구라니까 예의상 웃어 주는 티가 역력했다.

"정화는 언제 와?"

"오늘 제사인 걸 몰랐대. 갑자기 다른 친구들한테 가자고 하기 그래서 혼자 나왔어."

은주가 말했다.

"셋이니까 누가 봐도 괜찮겠지. 근데 아까 고로케는 무슨 얘기야?"

상만은 허구와 은주가 둘만 아는 암호처럼 주고받았던 말이 여전히 신경 쓰였다.

"엄마 심부름. 외갓집에 가져간다고 스무 개 사 오라고 했었거든. 몽블랑 고로케가 명물이잖아. 그런데 열다섯 개밖에 없어서 다 담았는데, 네 친구가 오더니 두 개만 달라고 해서 줬어. 그때 안 줬으면 큰일 날 뻔했네. 날 얼마나 야박한 애라고 생각했겠어."

은주가 허구 쪽을 보며 말했다.

"야, 너는 은주 다 가져가게 두지 뭘 달래냐."

"나도 엄마가 사다 달라고 했거든."

상만의 핀잔 섞인 말에 허구가 대꾸했다.

"저 봐, 안 줬으면 정말 큰일 날 뻔했다니까."

은주가 웃음기 띤 얼굴로 끼어들었다.

상만은 웨이터를 불렀다. 은주는 함박스테이크를, 상만과 허구는 돈까스와 비프까스를 시켰다. 잠시 뒤 음식이 나왔다. 음식을 먹는 내내 상만은 허구가 있어 다행이라고 생각했다. 은주와 둘만이었으면 서툰 포크와 나이프질이 표 났을 것이고 그 때문에 진땀 흘리느라 분위기도 자연스럽지 못했을 것이다. 게다가 허구는 친구 띄우는 역할을 기대 이상으로 잘했다.

허구가 노골적이고 낯간지러운 칭찬을 할 때마다 상만은 은주 표정을 살폈다. 은주는 말하는 허구를 집중해서 바라보고 있었다. 상만은 식사 후 허구가 빠진 다음을 상상했다. 크리스마스이브에 종업식을 하지만 실질적인 방학은 열흘 가량뿐이다. 새해가 되면 곧바로 보충수업과 자율 학습이 기다리고 있다. 그때부터 3학년이나 마찬가지고 본격적인 수험생 생활로 들어서게 될 것이다. 상만은 그 전에 은주와 정식 연인이 되고 싶었다. 그러면 안정감은 물론 동기부여가 돼 공부도 더 잘될 것 같았다.

식사를 마치고 디저트를 시켰다. 허구는 콜라를, 은주는 커피를 주문했다.

"저도 커피요."

상만은 디저트를 기다리는 사이 미리 화장실에 가서 입을 헹구고 이를 살폈다. 아랫니 치열이 고르지 않아 음식물이 자주 끼었기 때문이다. 허구를 보내고 둘만 남으면 어떻게 말을 꺼낼까, 설레는 마음으로 자리에 갔을 때 은주가 보이지 않았다. 상만은 자신처럼 화장실에 간 모양이라고 생각했다.

"은주 어때? 예쁘지?"

상만은 허구 옆자리에 앉으며 물었다. 그런데 허구가 황당하단 기색으로 말했다.

"걔, 갔어."

"뭐? 갔다고? 왜?"

건너편 의자를 보니 가방과 목도리가 없었다.

"모, 몰라. 갑자기 간다고……."

상만은 허구 말이 끝나기 전에 자리를 박차고 뛰어나갔다. 도로까지 나가 살폈지만 은주는 보이지 않았다. 황급히 되돌아온 상만은 허구 맞은편에 앉으며 물었다.

"나 화장실 갔을 때 무슨 말 했어? 혹시 쓸데없는 소리 한 거 아니야?"

상만은 거의 울 것 같았다.

"그래, 네 흉 봤다. ……아, 농담이야. 정색하긴. 별 이야기 안 했어. 오늘 처음 본 거나 마찬가진데 할 말이 뭐가 있냐. 집에나 가자."

허구가 남은 콜라를 벌컥벌컥 마시곤 일어섰다.

상만은 허구와 바로 헤어졌다. 이대로 집에 갈 수는 없었다. 무슨 일인지 알아야 했다. 상만은 은주네 집 근처로 갔다. 신성철물

건너편에 공중전화 박스가 있었다. 1층 신성철물은 덧문까지 닫혀 있었고 3층 살림집도 희미한 불빛만 새어 나왔다.

'가족하고 어디 가기로 한 약속이 갑자기 생각났던 걸까?'

상만은 공중전화에 동전을 넣고 다이얼을 돌렸다. 오늘은 다른 가족이 받아도 끊지 않고 은주를 바꿔 달라고 하리라 단단히 마음먹었다. 신호음이 울렸지만 전화를 받지 않았다. 온 가족이 함께 외출한 게 분명했다. 상만은 은주 방이 어딘지 몰랐다. 그는 별을 보듯 3층을 바라보며 수화기를 들고 있었다. 신호음만이 은주와 자신을 이어 주는 선 같았다. 그래도 언제까지 들고 있을 수는 없었다. 허전한 마음으로 전화를 끊으려는데 은주 목소리가 들려왔다.

"여보세요?"

상만은 반가운 나머지 수화기를 움켜잡고 말했다.

"나야, 상만이. 집에 있었네. 갑자기 가서 무슨 일인가 하고……."

은주는 아무 말이 없었다.

"여보세요? 은주야, 무슨 일 있어?"

상만은 이유 모를 불안이 일었다.

"이제 연락하지 마."

은주가 말했다. 처음 듣는 냉랭한 목소리였다. 그 목소리가 날

카로운 조각이 돼 가슴을 긋는 것 같았다.

"왜? 내가 뭐 잘못한 거 있어? 그럼 말해 줘. 고칠게."

상만이 다급하게 말했다.

"3학년인데 정신 차리고 공부해야지. 앞으로 전화하는 일 없었으면 좋겠어. 잘 지내."

전화가 뚝 끊겼다. 상만은 뚜뚜 소리가 들리는 송수화기를 든 채 한참 동안 서 있었다. 마치 서로 다른 행성에서 주고받던 교신이 끊긴 것처럼 막막했다. 3층에서 비쳐 나오던 희미한 불빛마저 꺼지자 상만은 광막한 우주 공간에 혼자 버려진 것 같았다.

6

“대학 가면 더 괜찮은 애들 많을 거야.”

허구의 말은 상만에게 조금도 위로가 되지 않았다. 세상 어떤 사람도 은주를 대신할 수 없었다. 상만은 공부할 때만큼이나 열심히 차인 이유를 고민했다. 쌀 배달하러 가서 처음 만난 순간부터 비디오테이프를 되돌려 보듯 떠올리고 떠올리며 생각하고 또 생각했다. 고심 끝에 내린 상만의 결론은 하나였다. 은주 아버지가 딸이 상만을 만난다는 사실을 안 것이다. 어떤 부모라도 상만의 처지를 탐탁해할 리 없다.

문득 엄마가 떠올랐다. 자신을 남의 아이 보듯 바라보며 혀를 차던 모습. 상만은 엄마가 자신을 때리거나 독한 말을 쏟아부을 때도 자신을 사랑한다는 것은 의심하지 않았다. 하지만 측은한 눈길로 바라보며 혀를 차면 가슴이 서늘해지곤 했다.

은주는 상만의 처지를 알면서도 개의치 않고 다가왔다. 처음으로 좋아했던 문예반 선생님은 상만의 형편을 알자 고등학교에 가서 쓰라며 학용품을 사 주었다. 상만은 수치스러움에 문호와 절교까지 했다. 하지만 은주는 상만에게 동정은 물론 동정으로 비칠 말이나 행동조차 하지 않았다. 상만이 불편하게 여길 만한 호기심도 갖지 않았다. 그 덕분에 상만은 보통 고등학생처럼 은주를 좋아하고, 좋아하는 상대에게 멋지게 보이기 위해 애쓰는 평범한 아이가 될 수 있었다.

은주가 이별을 통고할 때 한없이 냉랭했던 까닭도 이해됐다. 아버지가 반대하는 이유를 차마 말할 수 없었으리라. 차라리 모질게 굴기로 한 은주도 자신만큼이나 아프고 힘들 것이다. 그런데 은주는 이별을 고하는 말 속에 바람을 남겨 놓았다. '3학년인데 정신 차리고 공부해야지.' 그건 스스로뿐 아니라 상만에게도 언질을 준 것이었다.

은주는 부모님이 뭐라 하든 무조건 서울로 갈 거라고 노래했다. 열심히 공부해서 아버지가 감시할 수 없는 서울에서 다시 만나자는 뜻이다. 하지만 그것으론 부족하다. 만나더라도 상만은 은주가 부모에게 당당히 소개시킬 수 있는 사람이 되고 싶었다.

상만은 구체적인 목표를 세웠다. 공모전을 개최했던 대학 국문학과가 제일 먼저 제외되었다. 온전한 실력으로 얻은 가산점도 아닐뿐더러 소설가는 안정된 미래를 보장받기 어려웠다. 상만의 목표는 서울대 법대가 되었다. 물론 최종 목표는 상만이 가진 환경적인 약점들을 갑옷처럼 감싸 줄 사법고시 패스였다. 권력과 명예와 부가 보장된 존재를 사윗감으로 마다할 사람은 없을 것이다. 그랬다. 상만은 성공하기로 결심했다.

상만은 3학년 내내 미친 듯이 공부했다. 삼촌이 공부할 시간을 전보다 많이 빼 주었고 허구의 문제집들도 넘치게 있었다. 기를 쓰고 했지만 서울대 법대에 원서 넣을 실력은 끝내 되지 못했다. 상위권 순위는 공고했고 그들 또한 상만만큼 열심히 했기 때문이다.

담임은 서울 중상위권 사립대학 원서는 써 줄 수 있다고 했다. 하지만 비싼 등록금은 물론 만만치 않은 방세와 생활비가 발목을 잡았다. 외삼촌이 내주겠다고 한 첫 학기 등록금만 믿고 일을 저지르는 건 무모한 짓이었다. 서울에서 져야 할 짐은 쌀자루 무게와는 비교도 되지 않을 테고 돈을 벌면서 사법고시를 준비한다는 건 안 하겠다는 말이나 마찬가지였다. 그런 상황에선 은주와 다시 만난다고 해도 오래가지 못할 것이다.

담임과 상담하고 온 외삼촌은 상만이 도내 국립대학에 가기를 바랐다.

"니 실력이면 장학금을 받을 수도 있다더라. 아니더라도 등록금이 적으니께 부담이 덜하고, 방세도 서울보다 훨씬 싸고, 집에서 쌀이고 반찬이고 갖다 먹으면 생활비도 적게 들 거 아녀."

대신 주말이면 제천으로 돌아와 배달을 해야 할 것이다. 상만은 대학생이 돼서도 쌀자루를 싣고 돌아다니고 싶지 않았다. 냄새나는 발로 은주네 거실을 걸어 나와 해진 신발을 꿰어 신을 때처럼 궁상스러운 모습을 더 이상 누구에게도 보여 주기 싫었다. 사법고시 1차 패스, 2차 패스로 소식을 전하다 멋지게 성공해서 모두 앞에 나타나고 싶었다. 그러기 위해선 무조건 제천으로부터 멀리 떠나야 했다. 상만은 자신의 처지가 새삼 원망스러웠고 얼굴조차 모르는 아버지라도 어디 사는지 알면 찾아가 도움을 청하고 싶었다.

토요일 밤, 상만은 여느 날처럼 허구네 집으로 갔다. 그 방밖에 심란한 마음을 달랠 곳이 없었다. 상만은 침대 헤드에 비스듬히 기대 무협 소설을 보고 있는 허구 곁에 벌렁 드러누웠다.

"너, 남의 길도 보냐?"

상만이 불쑥 물었다.

"뭔 소리야?"

"너, 뭐, 다른 세계를 보니 마니 했잖아. 내 앞길도 좀 봐 달라고. 아, 씨발, 내가 지금 뭐 하는 거야? 관둬라. 사람이 이래서 점을 보나 보네."

떠들던 상만은 한숨과 함께 입을 닫았다.

"학교 정했냐?"

상만이 묻고 싶었던 걸 허구가 먼저 물었다. 허구 어머니는 어제 학교에 상담하러 왔었다. 담임이 뭐라고 했을지 궁금했다. 상만은 그동안 자기와 성적 차가 큰 허구에게 대학 이야기를 잘 하지 않았다. 허구의 책상과 문제집들을 내내 독차지해 왔기에 그의 낮은 성적이 자기 탓인 양 켕기는 것도 있었다.

"못 정했으니까 지금 이러는 거 아냐. 넌 결정했어? 어머니는 너 서울로 보내고 싶어 하시지?"

상만은 허구가 서울로 가기를 바랐다. 비빌 언덕이 생기면 결정하기가 좀 더 수월해질 것이다. 2년제 대학을 찾아보면 허구가 갈 데도 있을 테지만 너무 속 보이는 것 같아 대놓고 말하기는 어려웠다.

"아니. 우리 노친네들은 내가 서울로 가는 거 원하지 않아. 근처에서 적당히 대학 졸업하면 시내에 가전제품 대리점을 차려 주겠대. 앞으로 가전제품 시장이 커질 거라나. 평생 끼고 살겠다는 속셈이지."

함께 어울리는 동안 희미했던 환경의 차이가 결정적인 순간에 분명하게 모습을 드러냈다.

"부잣집 아들은 다르네. 조오켔다."

상만의 말투에 불공평한 세상에 대한 울분이 묻어났다.

"빈정대지 마라. 그렇게 살 생각 하면 벌써부터 숨 막히니까. 난 재수한다고 하고 무조건 서울로 갈 거야. 그리고 아예 한국을 뜰 거야."

허구가 결연한 어조로 말했다. 유학을 가겠다는 말인데 공부 못해도 부자 부모가 있으니 가능한 일이다. 상만은 말할수록 비참한 기분만 커질 것 같아 입을 다물었다.

"상만아, 서울에 하숙 대신 방 얻어 달라고 할 테니까 같이 살래?"

허구가 물었다. 상만이 튕기듯이 일어나는 바람에 허구도 출렁거렸다.

"정말? 정말 그렇게 할 수 있어?"

"대신 밥하고 빨래 청소는 네가 해야 된다."

"다 할게. 뭐든지 다 할게."

상만은 허구의 마음이 바뀔세라 다급하게 대꾸했다. 허구는 지키지 못할 말을 할 아이가 아니었다. 그는 제 고집대로 할 테고, 부모님은 어쩔 수 없이 아들이 원하는 걸 들어줄 것이다. 방만 생기면 음식은 허구 어머니가 넘치게 보내 줄 테니 끼니 문제도 해결될 것이다. 깨부술 엄두도 안 날 만큼 단단한 현실의 벽에 틈이 생기는 것 같았다.

새로운 희망에 부풀어 허구와 미래 이야기를 하다 잠들었던 상만은 새벽에 잠이 깼다. 비죽이 웃음이 나왔다. 이런 기분으로 잠에서 깬 게 얼마 만이던가. 상만은 옆에서 새우처럼 꼬부린 자세로 잠든 허구를 보았다. 자리가 좁아서가 아니라 잠버릇이었다. 자는 모습만 봐서는 상만보다 더 근심 많은 아이 같았다.

시계를 보니 네 시였다. 집으로 가기에는 너무 춥고 이른 시간이었다. 상만은 책이라도 보려고 허구의 책상 앞에 앉았다. 서울 갈 희망이 생기자 시간이 아까웠다. 스탠드를 켜던 상만은 작은 자물쇠가 책상 위에 있는 것을 보았다. 맨 아래 서랍에 늘 걸려 있던 것이다.

"뭐가 들었길래 잠가 놨냐?"

상만이 물었을 때 허구는 귀중품이 들어 있다고 했다. 모자란 것이 없는 녀석의 귀중품은 어떤 것인지 궁금했던 상만은 호기심을 참을 수 없었다. 떨리는 손으로 서랍을 열었지만 텅 빈 바닥엔 노트뿐이었다. 「여행자 K」가 씌어 있던 것과 같은 하드커버 노트였다. 여전히 아무짝에도 쓸데없는 글을 쓰고 있었던 모양이다. 그러니 성적이 그 꼴이지. 상만은 혀를 차며 표지를 넘겼다. 속지를 한 장 더 넘기자 '허구의 기록'이라고 씌어 있었다. 후루룩 넘겨 보니 글 첫머리마다 날짜가 있었다.

전과 달리 일기인 것 같아 상만은 잠시 망설였다. 그런데 일기라고 생각하자 내용이 더 궁금했다. 허구가 하루를 되돌아보며 일기 쓰는 모습이 상상되지 않았고, 무엇보다 요즘 무슨 생각으로 사는지 알고 싶었다. 대학 이야기도 분명히 있을 텐데 그 일은 이제 자신의 앞날과도 상관있었다.

상만은 심호흡을 한번 한 다음 노트를 넘겼다. 첫 장의 날짜를 본 상만은 가슴이 툭 떨어지는 것 같았다. 작년 은주와 인터뷰를 한 날이었다. 1년이 넘었지만 은주와 관련 있는 것들은 무엇이든지 어제 일처럼 뚜렷했다.

허구의 기록

1

1988년 10월 23일 일요일

어제 이야기부터 하려 한다. 22일, 저녁을 먹고 방으로 올라와 새로 산 CD를 플레이어에 넣는데 구토 증세가 밀려왔다. 내 방 평행 세계로의 여행이다. 물리적 장소를 벗어난 여행은 아직 한 번도 해 보지 못했다.

K가 기타를 치고 있다. 내 방에서 내 기타를 치고 있지만 '나'라고 할 수 없다. 탁상 달력은 10월 22일 토요일이고, 벽시계는 5시 45분을 가리키고 있다. K는 다른 세계의 나를 통칭하는 이름이다. 한때는 제각각 분류했지만 일회성에 그치는 여행이 대부분이라 다른 이름 붙이기를 포기했다. 사실 객석에서 무대를 보는 것처럼 또 다른 세계의 내 모습을 관람만 하는 여행이 점차 시들해졌다. 기록도, 아주 인상적이거나 특별하지

않으면 하지 않았다. 내 세계와 현재의 삶과는 무관한 여행 때문에 내장이 모두 뒤집히는 것 같은 구역질을 겪는 게 억울하기까지 하다. 속병인 줄 알고 엄마가 들이대는 온갖 약들도 지겹다.

문을 벌컥 열고 들어온 S의 표정이 심상치 않다.

"빨리 왔네. 인터뷰는 잘했고?"

K가 기타를 치며 묻는다. S가 책상 의자에 털썩 앉는다. S는 일요일인 오늘 E와 인터뷰를 하기로 돼 있는데 K의 세계에선 토요일에 한 모양이다. S는 E에게 첫눈에 반한 상태였다. 누군가에게 첫눈에 빠지는 건 두뇌의 화학적 작용에 불과하다. 연구에 따르면 연인들은 통상적으로 만난 지 2년쯤 되면 사랑을 유지시키는 화학물질이 사라져 감정도 변한다고 한다. 겨우 2년인 감정을 위해 사람들은 울고, 웃고, 괴로워하고, 때로는 죽기까지 한다.

"못 만났어."

S가 세상 다 끝난 것 같은 표정으로 대답한다. K가 기타 치던 손을 멈춘다.

"안 나왔어. 자율 학습도 땡땡이치고 나갔는데……. 바람맞았어."

"개인적인 약속도 아니고 인터뷴데 안 나올 리가 있어? 무슨 착오가 있었던 거 아니야? 전화해 봐."

K의 말에 S가 전화를 건다. S는 몽블랑 제과에서, E는 몽블랑 음악다방에서 기다렸다는 것을 알게 된다.

"다음 주로 다시 잡았어. 그런데 그때는 E 대신 다른 애가 나온대."

S는 세상을 다 잃은 모습이다.

"그럼 그다음으로 잡으면 되지. E가 나올 수 있을 때로 말이야."

"교지 마감이라 더 미룰 수 없대. 아, 멍청한 놈. E가 날 얼마나 한심하게 생각할까?"

S가 제 머리털을 쥐어뜯는다.

"제대로 안 가르쳐 준 걔도 잘못이니까 자학할 거 없어."

K가 위로랍시고 한다.

"아니. 생각해 보니까 E는 중심가라고 말했던 거 같아. 근데 나는 음악다방이 있는 줄은 모르고 내가 아는 제과점으로만 생각한 거지. 약속 장소도 하나 제대로 못 찾고, E가 나한테 실망했을 거야. 이제 어쩌지?"

그때 방문이 열리며 S가 들어왔고 나는 나의 세계로 돌아왔다. 내 세계의 S는 아직 E와 인터뷰하기 전이다. K의 세계에서 어긋난 일을 내 세계에서 바로잡을 수 있을지 궁금했다. 전학 온 지 얼마 안 됐을 때 어떤 K가 이곳에 넘어와 나인 척 반 녀석들과 어울린 적이 몇 번 있었다. 어떻게 다른 세계에서도 몸이 없어지지 않는지 모르겠다. 반면 내가 하는 여행은 그동안 K의 세계는 물론 내 세계에도 아무런 영향을 끼치지 못했다.

나는 S에게 몽블랑이 음악다방이란 것도 알려 주고 옷도 빌려주었다. 평소 S의 옷차림이라면 약속 장소를 제대로 찾아간대도 딱지 맞기에 딱 좋았다. E를 만날 생각에 빠져 S는 내가 어떻게 약속 장소를 아는지 의아해하지도 않았다. 사랑이란 감정은 사람을 멍청이로 만든다.

그리고 조금 전, S로부터 무사히 인터뷰를 마쳤다는 전화를 받았다. S가 흥분한 목소리로 말했다.

"우리 의림지에 놀러 가기로 했어."

"벌써? 제법인데."

내 덕인 것 같아 뿌듯했다.

"응. 걔 친구랑, 내 친구랑 넷이서 같이."

"설마 네 친구가 나는 아니지?"

"무슨 소리야? 당연히 너지. 같이 갈 거지?"

S가 함께 가자고 사정사정했지만 나는 남들 바보 놀음에 결코 낄 생각이 없다. 여행을 통해 내가 내 세계에 영향을 줄 수 있음을 확인한 걸로 됐다.

2

뭐야. 상만은 어이없었다. '허구의 기록'에서 허구가 제 이름을 말하는 건 줄 알았더니 '픽션'을 뜻하는 거였다. 「여행자 K」와 마찬가지로 현실에서 아이디어를 얻어 상상을 보탠 글이었다. 읽는 동안 상만의 기분은 널뛰기를 했다. S와 E는 누가 봐도 상만과 은주였다. 상만은 허구가 허락도 받지 않고 자기 이야기를 멋대로 쓴 게 기분 나빴다.

그런데 이상한 게 있었다. 상만은 글에 나온 대로 은주와 만나기로 한 장소 이름을 허구에게 알려 주지 않았다. 인터뷰 전날 허구가 몽블랑이 음악다방이란 사실을 말해 주지 않았다면 그의 글에서처럼 길이 어긋났을 것이다. 허구는 정말 여행자인 걸까? 상만은 오싹해져 잠자는 허구를 보았다. 누가 고정시켜 놓기라도 한 듯 새우처럼 꼬부린 자세 그대로였다. 노트를 훔쳐본 것만 아니라면 허구를 깨워 내용에 대해 묻고 싶었다. 하지만 노트는 이 방에서 유일하게 자물쇠를 걸어 놓은 서랍 속에 있던 것이다.

상만은 다음을 볼지 말지 망설였다. 자기 이야기를 소재로 삼은 게 못마땅했지만 그래서 더 뒤가 궁금했다. 상만은 결국 다음 장을 넘겼다. 12월 3일, 상만이 허구와 함께 은주를 만난 그날이다. 그리고 이별을 통고받은 날이다. 글 처음엔 S와 함께 화이트 엔젤에 가게 된 경위, 붕붕 떠 있는 S의 모습 등이 적혀 있었다. 상만은 자기가 어떻게 묘사됐든 신경 쓰이지 않았다. 자신이 없는 사이의 일이 어떻게 씌어 있을지만이 너무 궁금했다. 드디어 상만이 화장실에 간 뒤에 일어난 일이 펼쳐졌다.

S가 화장실 간 뒤 둘만 남자 E가 날 빤히 바라보았다. 무슨 말이라도 해야 할 것 같았다. 밥 먹는 내내 했던 것처럼 S를 띄워 주는 역할이나 계속하기로 했다.

"S가 그쪽 정말 좋아하고 있어요. S 참 괜찮은 친구예요. 내가 보증해요."

"둘만 있는데도 그렇게 말하네요. 먼저 만난 건 우리잖아요."

E가 떨리는 목소리로 말했다. 엄마 생일 케이크를 사러 갔을 때니 9월 중순이다. 10월에 만난 S보다 내가 먼저 E를 본 건 사실이다. 하지만 E가

고로케 이야기를 해서야 떠올랐을 만큼 하찮은 부딪힘이었다. 그걸 만난 거라고 하는 건 억지다.

"그건 그냥, 우연히……."

"우연히요? 날 기다렸다 초콜릿 준 것도, 같이 다리까지 걸은 것도 우연이란 말이에요?"

E가 상처받은 듯한 얼굴로 날 보았다. 초콜릿? 케이크 사고 사은품으로 수제 초콜릿을 받았던 게 생각났다.

"무슨 소릴 하는지 모르겠네요. 혹시 사은품으로 받은 초콜릿을 말하는 거라면 그날 밤 S하고 먹었는데요."

내 말을 듣는 짧은 순간에도 E의 표정은 여러 번 바뀌었다. 혹시 나와 다른 사람을 착각하고 있는 건가? 착각을 사실로 믿고 있는 게 아니면 나올 수 없는 표정이었다. 그렇다면 K다. E가 만난 사람은 내가 아니라 K다. 그동안 내 세계로 온 K 때문에 난처한 일이 벌어진 적은 없었다. S와 얽힌 게 찜찜하긴 하지만 이번에도 잘 넘어갈 것이다. 잠시 뒤 감정 정리를 한 듯 E가 허리를 꼿꼿이 세웠다. 그리고 날 쏘아보며 말했다.

"그럼 그날 내가 만난 사람이 그쪽 이름표 단 교복을 훔쳐 입고 나왔나 보네요. 얼굴도 똑같았는데 쌍둥이예요? 책임 전가하지 않을 테니 겁먹지 마요. 그깟 키스가 뭐라고."

그 대목을 읽는 순간 상만은 노트를 놓치고 말았다. 그깟 키스……. 허구의 글이 진짜든 상상이든 충격과 분노의 질량은 다르지 않았다. 오히려 상상인 게 더 화났다. 친구가 좋아하는 여자애를 두고 그따위 상상을 하는 놈은 저질이고 배신자다. 당장 허구의 멱살을 잡고 코피를 터뜨리고 싶었지만 섣불리 행동할 수 없었다. 그는 자신을 서울로 데리고 가 줄 구원자였다. 상만은 비참함과 굴욕감을 느끼며 글을 마저 읽어 내려갔다.

머리가 띵했다. 반 아이들과 어울려 놀고, E와는 심지어 키스까지 했다는 K가 눈앞에 있어도 나는 정작 말 한마디 건넬 수 없다. 말은커녕 K의 세계에 가면 아예 몸조차 없으니 아무것도 해 볼 도리가 없다. 무슨 이런 골 때리는 경우가 다 있는지. 하긴 내 인생에 골 때리는 일이 뭐 그것뿐인가.

그날의 기록은 그렇게 끝났다. 상만은 마치 불을 지른 허구는 도망가 버리고 혼자 불구덩이에 남아 있는 기분이었다.

작년 초 아이들이 일요일마다 허구와 놀았다고 떠들던 게 기억났다. 허구 어머니가 아들이 노는 날이면 집에만 있다고 했던 것도 생각났다. 그때는 허구가 부모를 속인 채 개구멍으로 드나드는 거라고 여겼다. 그런데 허구의 다른 세계인지 뭔지에서 K인지 뭔지 하는 놈이 넘어와 한 짓이라고 했다. 은주하고 키스한 것도 그놈 짓이란다. 이런 헛소리를 믿으라고? 상만은 고개를 저었다.

이건 허구가 재미로 써 갈긴 소설도 뭣도 아닌 쓰레기 같은 글이다. 「여행자 K」는 여행 부분만 빼면 허구의 자전적 이야기였다. 이번에도 허구는 자신의 실제 경험에다가 K니 다른 세계니 터무니없는 상상을 덧붙여 놓은 게 분명했다. 상만은 어금니를 물며 노트를 넘겼다. 이렇게 된 이상 끝을 봐야 했다.

다음 날짜는 크리스마스이브이자 종업식을 한 날이었다. 상만은 그날 밤 무얼 했는지 뚜렷이 기억했다. 은주와 함께 보내게 될 줄 알았던 이브 날이었다. 그 밤을 맨 정신으로 견디기 어려웠던 상만은 하굣길에 허구에게 말했다.

"이따 소주 두어 병 사 갈게. 안주 챙겨 놓고 기둘려라."

허구 아버지로부터 술을 배운 상만은 아주 가끔 허구와 한잔씩 하곤 했다. 허구가 당황한 얼굴로 대답했다.

"어, 오늘은 안 돼. 우리 모친 소원이 딱 하나 있는데 이브에 같이 성당 가는 거야. 미안해. 술은 다음에 마시자."

얼마 전 지역신문에 연말을 맞아 관내 보육원과 양로원에 꽤 많은 후원비를 쾌척한 사람에 대한 기사가 떴다. 인터뷰를 극구 사양했다는 그 사람이 허구 아버지일 것이라는 소문이 돌았다. 뿐만 아니라 허구 부모는 성당에 다니며 봉사에도 열심이었다. 오른손이 하는 일을 왼손이 알게 하려고 애쓰는 사람들만 보아 온 상만은 감동받았고, 허구 부모가 존경스러웠다.

"그래, 회개 많이 하고 와라, 새끼야."

상만은 그날 밤 가게 문을 닫은 뒤 방에서 혼자 술을 마셨다. 술에 취해 토하고 울었던 기억이 어렴풋이 떠올랐다.

두 양반은 세례를 받기 위해 열심히 교리 공부 중이다. 엄마는 나까지 끌어들여 신앙 안에서 하나가 되고 싶어 하지만 나는 죄를 지어 놓고 회개하면 천당에 갈 수 있다는 게 마음에 들지 않는다. 내가 성당에 가기로 결정한 건 S가 밤에 술을 마시자고 해서였다. S가 늘어놓는 E 이야기는 그만 듣고 싶었다. K가 벌인 일이라고 해도 S의 이별 이야기를 듣는 건 편치 않았다.

시내로 들어선 차는 사람들이 도로 아무 데서나 건너다니는 통에 가다 서다를 반복했다. 다리 근처에서 갑자기 속이 울렁거렸다.

"아이고, 또 속앓이하나 보네. 어쩌면 좋아. 구야 아버지, 차 좀 길가에 대 봐요."

엄마가 안절부절못하며 발을 굴렀다.

"지금 꽉 막힌 거 안 보이네? 길가에 어떻게 대간?"

아버지가 말했다. 나는 도로 복판에서 차 문을 열고 뛰어내렸다.

"나 집에 가서 쉬고 있을 테니까 두 분이서 다녀와요."

울렁거리는 속으로 다리를 건너는데 구토가 밀려왔다.

다리 위에 K와 E가 있다. 서로 마주 보며 웃고 장난치다 K가 장갑 낀

E의 손을 자기 코트 주머니에 넣는다. 둘이 연인이 된 세계인 모양이다. 나는 우두커니 서서 K와 E가 다정하게 걸어가는 뒷모습을 보았다.

"너 뭐야? 모르는 일이라고 하더니 여긴 왜 온 거야?"

갑자기 들려오는 고함에 놀라 보니 다정하게 걷던 애들은 사라지고 E가 내 앞에 서 있었다.

"왜, 왜 오긴, 집에 가는 길이야."

당황한 나는 어설프게 둘러댔다.

"끝까지 비겁하고 치사하네. 여기서도 계속 잡아뗄래?"

몰아세우는 듯한 물음에 말문이 막혔다.

"왜 대답을 못 해? 그래, 나 너한테 첫눈에 반했어. 난 네 교복하고 이름표 봐서 알았지만 넌 나에 대해 아무것도 모르니까 내가 널 찾아야 한다고 생각했어. 경일 다니는 국민학교 동창한테 물어봤더니 S가 너랑 친하다고 하더라. 그런데 때마침 S가 우리 집에 배달 온 거야. 근데 알량한 자존심 때문에 네 연락처를 물을 수 없었어. 그래서 S를 이용했고, 드디어 경양식집에서 너 보고 얼마나 좋았는지 몰라. 그런데 뭐? 우연이라고? 아무리 첫눈에 반했어도 네가 기다렸다 초콜릿 주고, 걷자고 하고, 여기서 몇십 년 만에 슈퍼 문이 떴니 하는 소리 지껄이지 않았으면 그런 일은 없었을 거야. 뭐, 그렇다고 키스한 걸 후회하는 건 아니야. 내가 열받는 건 첫 키스를 너 같은 놈하고 했다는 거야."

E가 숨 가쁘게 쏟아 냈다. E는 지금 K를 원망하고 K와의 일을 후회한

다고 하고 있지만 실은 첫눈에 반했고 아직도 좋아한다고 고백하고 있는 것이다. 문득 나도 평범한 또래 아이들처럼 여자친구나 학교 성적, 대학이 고민의 전부였으면 좋겠다는 생각이 들었다. 가능할까? 나도 그럴 수 있을까? 여자친구와 만나고, 싸우고, 더 친해지고, 사랑하고……. 그런 평범한 삶을 살 수 있을까? 심장이 뛰기 시작했다. 내 입에서 나도 모르게 말이 튀어 나갔다.

"미안해. 그때는 S 때문에 어쩔 수 없이 모른 척한 거야."

"개새끼!"

상만은 허구에게 달려들어 주먹을 휘둘렀다.

3

허구는 잠자코 피가 나는 코를 휴지로 틀어막았을 뿐이었다. 노트 본 것을 알고서도 해명도 항변도 하지 않는 모습에 상만은 더 화가 났다. 상만의 감정 따윈 아무래도 상관없다는 뜻이다.

"새끼야, 무슨 말이든 해 보라고. 변명이라도 해 보란 말야."

상만이 해피처럼 이빨을 드러내고 으르렁거렸지만 허구는 말없이 화장실로 들어가 버렸다. 상만은 아무것에도 연연하지 않는 그에게 분노를 넘어서 좌절을 느꼈다. 처음부터 자신은 허구에게 친구가 아니라 실험 대상이나 소재 거리에 불과했던 것이다. 어쩌면 보라고 일부러 자물쇠를 풀어 두었던 건지도 몰랐다.

"너랑은 끝이야. 앞으로 아는 척하지 마."

허구의 집을 뛰쳐나온 상만은 창고 처마 밑에 들여놓았던 자전거를 끌어냈다. 밤새 겨울바람 속에 서 있던 자전거는 얼음덩이처럼 차갑고 무거웠다. 대문께로 오자 해피가 어둠 속에서 짖어야 할지 말아야 할지 고민하는 눈으로 상만을 지켜보았다.

그동안 해피를 진정으로 아껴 준 사람은 허구가 아니라 상만이었다. 허구는 집에서 기르는 개에 별 관심이 없었다. 상만이 해피와 놀아 주면 멀뚱멀뚱 보고 서 있거나 먼저 집 안으로 들어가 버리곤 했다.

"너 해피 안 좋아해?"

상만은 집집마다 남은 밥을 처리하기 위해 키우는 똥개들과 달리 늠름하고 위엄 넘치는 셰퍼드가 멋있었다.

"그 개 갖다 놓은 의도가 싫어. 개가 뭘 지킬 수 있다고."

허구가 조소를 머금은 얼굴로 말했다. 상만은 속으로 아버지가 이룬 것에 대해 소중함도 고마움도 느낄 줄 모르는 허구가 철없다고 생각했었다.

해피가 그르릉거렸다. 이제 허구보다 상만을 더 좋아하던 해피도 볼 일 없을 것이다. 상만은 조용히 자전거를 밖으로 끌어낸 다음 대문을 닫았다. 찰칵, 문이 닫히는 소리가 심장을 아프게 찍었다.

자전거에 올라타는 순간 안장에서 전해지는 냉기가 온몸에 퍼졌다. 페달을 구르자 대기에 가득 찬 한기가 날카로운 칼끝처럼 파고들었다. 허구에게 느낀 배신감과 다시는 이 길을 달릴 일 없을 거란 상실감은 더 아픈 칼날이 돼 가슴을 저몄다. 또한 상만을 버티게 했던 은주로 이루어진 세계도 비눗방울처럼 허망하게 사라져 버렸다. 은주는 상만에게 친구 이야기를 많이 물었다. 은주는 처음부터 상만이 아니라 허구(로 생각한 K인지 뭔지)에게 관심이 있었던 것이다. 동정을 하지 않은 게 아니라 동정할 만큼의 관심조차 없었다. 엄마가 다시 눈 뜨지 않았던 아침으로 돌아간 것 같았다. 페달을 구르는 상만의 얼굴 위로 뜨거운 눈물이 흘렀다.

가겟방으로 돌아온 상만은 몸을 웅크린 채 구석에 박혀 계속 울었다. 오래된 기억에서 소환된 묵은 아픔, 슬픔까지 덧보태진 그의 울음은 시장 골목이 가게들 문 여는 소리로 깨어날 때까지 계속됐다. 상만은 손바닥만 한 창문으로 밖의 소음이 들려올 때서야 겨우 마음을 추슬렀다.

상만은 이런 상황에서도 가게 덧문을 떼어 내고, 안에 들여놓았던 곡물 그릇들을 가게 앞 가판대에 옮겨 놓고 있는 자신이 한없이 초라하게 느껴졌다. 이게 자신의 현실이었다. 그동안 은주에게 느꼈던 감정도 사치였다. 설령 은주가 좋아한 사람이 자신이었다고 해도 한가롭게 연애나 할 처지가 아니었다.

현실을 자각하자 비로소 모든 것이 제대로 보였다. 허구는 제

정신이 아닌 게 분명했다. 그의 부모가 약령시로 유명한 제천으로 이사 온 것도 그래서인지 몰랐다. 맑은 공기와 한적한 환경은 부모가 아니라 허구에게 필요했던 것이다.

허구 부모가 아들에게 어떤 쪽으로든 문제가 있음을 인지하고 있는 건 확실했다. 그러니까 과하다 싶을 정도로 아들 곁을 맴돌고, 큰 도시로 보내려는 여느 부모와 달리 옆에 끼고 살려는 것이다. 허구가 친구들의 환심을 살 수 있도록 풍족한 용돈을 주고 때마다 교실에 먹을 것을 돌린 것도 그래서였을 것이다.

허구의 집은 한번 빠지면 헤어나기 힘든 개미지옥이었다. 쌀 배달 때문에 우연히 가게 된 자신은 제 발로 개미지옥에 찾아든 먹잇감이었다. 환대와 맛있는 음식은 개미귀신이 먹잇감을 사냥하는 마취제였다. 상만은 허구의 부모님을 그렇게 생각하는 것에 죄책감을 느꼈지만 어떻게 해서든 허구를 떨쳐 내고 싶었다.

상만은 허구가 두려웠다. 그는 구원자가 아니라 자신의 삶을 헝클어뜨리고 허물어뜨릴 파괴자였다. 허구와 가까이 지내는 동안 상만은 굳은 의지를 지닌 정직한 인간에서, 남에게 기대 사는 비겁하고 나약한 존재가 됐다. 계속 허구 곁에 있다가는 또 어떤 대가를 치를지 알 수 없었다.

4

상만은 전라남도 순천에 있는 대학교 법학과에 지원했다. 국립대라 등록금도 쌌고 고시생에 대한 지원도 많았다. 반 아이들은 공모전에서 받은 대학 가산점을 아까워했지만 상만은 조금도 아쉽지 않았다.

담임은 서울 갈 형편이 안 되면 도내 국립대를 쓰라고 했다.

"순천보다는 그래도 집에서 가까운 청주가 낫지 않아? 서울하고도 더 가깝고."

상만이 마음을 바꾸지 않자 담임은 나름대로 이유를 추측하고 원서를 써 주었다.

"그래. 학력고사 성적이 모의고사만큼 나오면 4년 장학금도 탈 수 있을 거야. 그런데 교통이 나쁜 게 흠이다. 기차든 버스든 하루 꼬박 잡아먹어야 할걸."

제천에서 순천까지는 직행이 없어 갈아타야 했고 기찻삯이 싼 완행으로 여덟, 아홉 시간이 걸렸다. 하지만 선생님이 말한 흠은 상만이 그 대학을 선택한 이유였다. 허구를, 그리고 제천을 가능한 한 멀리 떠나고 싶었다.

두어 번 말을 걸어왔던 허구는 상만이 냉담하게 굴자 금방 포기하고 물러나 버렸다. 허구에게 자신은 그 정도밖에 안 되는 존재였던 것이다. 상만 또한 그 생각에 오래 붙들려 있을 정도로 한가하지 않았다. 사법고시 패스라는 목표는 더 절실해졌다. 더 이상 무시당하거나 상처받지 않으려면 스스로를 보호할 수 있는 힘이 필요했다.

"입학하자마자 사법고시 준비할 건데 집이 가까우면 의지가 약해질 것 같아요. 아는 사람도 많아서 공부하는 데 방해되고요. 학교 들어가면 절간이다 생각하고 공부해서 졸업 전에 사시 2차까지 합격할 계획입니다. 그 학교가 고시 준비 지원을 잘해주고 여러 혜택도 많대요. 우선은 학력고사 잘 봐서 4년 장학금 받겠습니다."

외삼촌을 설득하기 위해 말하는 동안 상만은 그것이 오래전부터 생각해 왔던 꿈처럼 여겨졌고, 그 학교 지원은 꿈을 이루기 위한 최선의 선택 같았다. 순천은 새로운 희망의 장소였다.

상만은 그 어느 때보다 열심히 공부했다. 가겟방에서 닳고 닳은 교과서로 공부할 때면 허구의 참고서들이 있는 방으로 달려가고 싶은 충동이 솟구쳤다. 상만은 허구가 자신을 어떻게 무너뜨려 왔는지 되새기며 공부에 집중했다. 노력에 화답하듯 상만은 수석 합격으로 4년 장학금을 받게 됐다.

그 덕에 상만의 이름은 명문대 합격자들과 나란히 교문 플래카드를 장식했다. 공부 잘하는 자식을 키워 본 적이 없는 외삼촌은 상만이 판검사 자리를 맡아 놓기라도 한 듯 흥분하고 감격했다. 가겟방으로 막걸리와 순대를 사 들고 온 외삼촌은 이미 얼큰하게 취해 있었다. 상만에 대한 기대는 4인 1실인 기숙사 대신 방을 얻어 줄 결심까지 하게 만들었다.

"여럿이 한방에서 복작대면서 어떻게 공부를 하겄어. 혼자 써야 밤에도 맘껏 공부할 수 있지. 그동안 쌀 배달하면서도 좋은 성적 받을 때마다 속이 아펐다. 양껏 밀어주면 더 잘할 텐데 하고 말이여. 대학 가믄 삼촌이 어떻게 해서라도 방세하고 생활비 대 줄 테니께 열심히 공부햐. 니 말대로 졸업 전에 시험 합격해서 우리 집안도 판검사 한번 내 보자. 그게 니 엄마 한을 풀어 주는 길이여."

외삼촌이 상만에게 그렇게 길게 말한 건 그때가 처음이자 마지막이었다.

전기, 후기 지원에서 다 떨어진 허구는 졸업식에도 오지 않았다. 입시에 실패해 졸업식에 안 오는 학생들이 가끔 있었지만 허구는 그에 좌절할 아이는 아니었다. 그 이유가 자신 때문인 것 같았던 상만은 허구와 제대로 작별 인사를 나누고 싶었다. 어쨌거나 지난 2년 동안 친하게 지내며 덕을 본 건 사실이었다. 수석 합격을 하자 마음에 여유가 생긴 것이다.

허구네 집에 전화를 걸었지만 아무도 받지 않았다. 몇 번 더 해도 마찬가지였다. 상만은 배달 길에 허구네 집에 가 보았다. 대문이 굳게 닫힌 집 마당엔 해피도 보이지 않았다.

5

상만이 거리에서 은주를 만난 건 순천으로 가기 하루 전날이었다. 2월 말 추위가 한겨울보다 더 무섭다는 걸 보여 주는 날씨였다. 상만은 떨어져 나갈 것처럼 시린 귀를 한 손으로 감싸며 자전거 페달을 밟았다. 그는 떠나기 전 열심히 가게 일을 도왔다. 가겟방으로 와 술을 마시다 쓰러져 잠든 외삼촌은 상만이 처음 만났던 때보다 훨씬 늙어 보였다. 그 모습에 마음이 짠해져 한 번이라도 더 배달을 하려고 애썼다.

길 건너편 도로에서 감색 겨울 코트를 입고 자주색 목도리를 한 여자가 걸어오는 게 보였다. 상만은 멀리서도 은주를 알아볼 수 있었다. 은주와 좋았던 기간은 그 애 마음을 착각했던 두어 달뿐이었다. 하지만 은주에 대한 감정은 여전히 설렘과 슬픔, 뜨거움과 서늘함, 달콤함과 고통이 뒤섞인 강렬함이었다. 강렬함은 곧 두려움이었기에 상만은 어쩌다 길에서 은주를 봐도 못 본 척했다. 그날도 그냥 지나치려는데 은주가 상만을 소리쳐 불렀다. 상만이 바라보자 자전거를 세우라고 손짓하며 횡단보도도 아닌 도로를 뛰어 건너왔다. 상만의 가슴이 두근대기 시작했다.

은주가 상만 앞에 멈춰 섰다. 화장을 한 은주는 벌써 대학생 같았다. 상만은 자전거에서 내리려는 몸을 스스로 제지했다. 추위 때문인지, 뛰어서인지, 또는 화장 때문인지 은주 뺨이 발그레했다.

"네 소식 들었어. 축하해."

은주가 숨찬 소리로 말했다.

"뭐, 좋은 대학도 아닌데 축하씩이나."

상만은 애써 대수롭지 않은 척하며 들썽거리는 마음을 눌렀다.

"수석 합격하기가 쉬운가. 난 전문대에 갔어. 유아교육학과."

은주는 고모네가 산다는 충주가 아니라 청주 외곽에 있는 2년제 학교에 가게 됐다고 했다. 축하한다고 말하기도 어정쩡해서 상만은 "그래……." 하고 넘겼다.

"죽어도 서울 가려고 했는데, 그렇게 됐어."

은주가 씁쓸한 얼굴로 말했다. 서울에 있는 대학 캠퍼스를 함께 거니는 모습을 숱하게 꿈꾸었던 상만도 씁쓸해졌다.

"근데 네 친구 허군가 하는 애 있잖아."

은주가 숨 가쁘게 달려온 이유가 밝혀지자 상만은 벌레 씹은 얼굴이 됐다.

"걔는 어디 대학 갔어? 집이 빈 것 같던데 이사 간 거 맞아?"

집에도 가 봤다는 이야기다. 상만의 표정이 더욱 일그러졌다.

"전기, 후기 다 떨어진 건 알겠는데 이사 갔는지는 모르겠어."

상만은 냉랭한 말투로 말하곤 자전거를 출발시켰다. 허구가 궁금해 쫓아온 은주에게 잠시나마 기대했던 자신에게 화가 났다.

그날 밤 상만은 미리 꾸려 놓은 짐 가방 속에서 장난감 경찰차를 꺼냈다. 어린 시절 함께 놀던 세계가 있다고 허구가 말했었다. 상만은 믿지 않으면서도 가끔 경찰차를 보며 그 세계를 상상하곤 했다. 하지만 그런 헛생각들은 사는 데 조금도 도움이 되지 않았다. 경찰차의 상징인 경광등이 떨어져 나간 차는 가치도 의미도 없다. 이젠 흔들림 없이 목표만을 향해 달려갈 것이다. 상만은 경찰차를 쓰레기봉투 속에 던졌다. 그리고 다음 날 제천을 떠났다.

갈림길

1

허구의 빈소가 차려졌다. 상만은 첫 향불을 올린 뒤 친구의 영정 사진을 물끄러미 바라보았다. 그는 덥수룩한 머리카락을 바람에 흩날리며 사막에 서 있었다. 텅 빈 듯한 표정은 어디를 보고 있는지, 무슨 생각을 하는지 알 수 없었다. 상만이 지금 그랬다.

허구로부터 연락이 온 것은 지난 일요일 밤이었다. 여느 때와 다름없이 평온한 시간이었다. 골프 채널을 보던 상만은 둘째 영서에게 리모컨을 넘겨준 뒤 소파에서 일어섰다. 쿠키가 덩달아 폴짝 뛰어내렸다. 널찍한 소파를 차지하고 누운 영서는 아이돌이 나오는 예능 프로그램을 틀었다. 새로 들인 대형 텔레비전의 화질은 손에 잡힐 듯 선명했다.

상만은 주방에서 내일 아침 준비를 하는 아내 성희와 TV를 보는 딸, 사랑스러운 막둥이 같은 쿠키가 있는 집 안을 흐뭇한 얼굴로 둘러보았다. 상만이 온몸을 바쳐 이뤄 낸 것들이었다. 집 대신 독서실에서 공부하고 있는 장남 영우는 상만이 이룬 삶을 완성시켜 줄 존재였다. 배치고사 1등으로 고등학교에 들어간 아들은 첫 모의고사에서도 전교 1등을 했다. 과학고를 떨어져 일반고에 간 게 속상했는데 오히려 전화위복이 됐다. 전교 1등이면 학교에서도 전략적으로 밀어줄 것이다. 상만은 아낌없이 지원해 줄 아빠가 있는 영우가, 자기 아들인데도 가끔 부러울 때가 있었다.

상만은 베란다 문을 열었다. 미세먼지 자욱한 밖에 나가 담배를 피우고 싶지 않았다. 혹시 산책을 데려가 줄까 싶어 주위를 맴돌던 쿠키는 상만이 베란다로 나가자 영서에게 가 버렸다. 상만은 거실 문을 단단히 닫고 베란다 문을 연 다음 담배에 불을 붙였다. 금연은 그가 가족에게 한 약속 중 지키지 못한 유일한 것이었다. 조만간 끊겠다는 다짐을 하며 상만은 밖을 내다보았다. 주민들의 발길이 끊이지 않던 벚꽃 터널 산책로가 지금은 미세먼지 주의보 덕에 조용했다. 아파트의 가치를 한층 높여 주는 공원을 자기 정원인 양 흡족한 얼굴로 내려다보던 상만의 눈이 한곳에 붙박였다.

벚나무 아래 벤치에 영우가 앉아 있었다. 벤치 옆 가로등이 무대 위의 핀 조명처럼 아들을 비추고 있었지만 상만은 자기 눈을 믿고 싶지 않았다. 독서실에 있어야 할 아이가 웬 여자애와 찰싹 붙어 앉아 있었다. 그뿐만이 아니었다. 둘이 서로를 만지고 쓸고 하는 게 멀리서도 보였다. 이 중차대한 시기에 연애질이라니. 곧 입이라도 맞출 듯한 분위기에 상만은 가슴이 덜컥 내려앉았다.

상만은 담배를 눌러 끄고 거실 문을 열어젖혔다. 쿠키가 귀를 쫑긋 세우며 몸을 일으켰지만 영서는 TV에서 눈을 떼지 않았다. 성희 역시 돌아다보지도 않았다. 현관문을 열 때도 마찬가지였다.

집에서 나온 상만은 엘리베이터를 기다리지 못하고 계단으로 뛰어 내려갔다. 6, 5, 4, 3……. 차차 이성이 돌아온 상만의 걸음이 느려졌다. 당장 쫓아가 아들은 물론 같이 있는 애한테도 어른으로서 따끔하게 주의를 주고 싶었지만 섣불리 나섰다가 오히려 역효과가 날 수 있다. 그는 열일곱 살이란 나이에 갖기 마련인 이성에 대한 관심, 호기심 따위를 이해하지 못할 만큼 꽉 막힌 아빠가 아니었다.

아빠의 등장만으로도 아이들은 놀라고 겁먹을 것이다. 여자애를 잘 타일러 보낸 뒤 아들과 오래간만에 부자간의 대화를 나누어야지. 상만은 언제부턴가 아들이 늘 뚱하거나 퉁명스러운 얼굴로 자신을 대하는 게 서운했다. 상만은 아들과 친구처럼 지내는 아빠가 되고 싶었다. 오늘 일을 제 엄마에게 비밀로 해 주면 끈끈

한 동지애도 싹틀 것이다. 상만은 벚꽃보다 환한 얼굴로 여자애를 보고 있는 영우에게 다가갔다.

하지만 상황은 상만이 상상한 대로 흘러가지 않았다. 아빠에게 들킨 것만으로 잘못을 인정하며 수그릴 줄 알았던 아들은 상만이 아는 체하자 잔뜩 인상을 쓰면서 고개를 돌려 버렸다. 울컥 화가 치민 상만은 아들에게 집 앞에서 무슨 짓이냐고 소리쳤고 여자애에겐 부모님이 이러고 다니는 것 아느냐고 야단쳤다. 여자애가 울음을 터뜨리며 뛰어갔다. 아들은 상만을 태워 죽일 듯 노려보곤 여자애를 쫓아갔다. 혼자 남은 상만은 아빠 체면이 패대기쳐진 느낌이었다.

담배도, 담배를 살 지갑도 안 가지고 나온 상만은 간신히 분을 삭이며 집으로 갔다. 성희는 그사이 영서와 TV를 보고 있었다. 태평스러운 아내 얼굴을 보자 아들에게 풀지 못한 화가 치밀었다. 당장 영우 이야기를 쏟아붓고 싶었지만 꾹 참고 베란다로 나갔다. 상만은 담배를 피우며 아들이 돌아오면 어떻게 할지 궁리했다.

TV 보는 아내와 딸 옆에서 초조함을 누르며 기다리던 상만은 비밀번호를 누르는 소리에 긴장했다. 그런데 영우는 왔다는 말도 없이 제 방문을 부서져라 닫고 들어갔다. 상만이 드나들 땐 관심도 없던 성희가 쿠키보다 빠르게 아들 방으로 쫓아갔다. 상만은 팔짱을 끼고 앉아 그 모습을 지켜보았다. 잠시 후 나온 성희는 큰 죄라도 지은 양 상만을 타박했다.

"애들을 봤으면 모르는 척하고 나중에 따로 이야기하든지 해야지, 쭈르르 쫓아 내려가서 일을 키우고 있어."

상만은 어이가 없었다.

"그럼 애비가 돼서 집 앞에서 그러고 있는 걸 못 본 척하란 말이야?"

"방법이 잘못됐다는 거지. 나중에 좋은 말로 타이를 수 있잖아. 아니면 나하고 먼저 상의하든지. 한창 예민할 땐데 민지 앞에서 그렇게 망신을 주면 어떻게 해?"

"민지? 당신도 알고 있었어?"

상만은 아내가 영우의 이성 교제를 알고 있으면서 내버려 둔 사실에 화가 났다.

"헐, 오빠랑 민지 언니랑 있는데 아빠가 가서 뭐라고 한 거야? 오빠 쪽팔렸겠다."

TV 보던 영서까지 제 엄마를 거들었다.

"너도 알고 있었어? 영우가 연애질하는 거 나만 모르고 있었던 거야?"

상만이 소리를 버럭 질렀다. 쿠키가 움찔해선 영서 품을 파고들었다.

"이럴 줄 알고 말 안 한 거야. 솔직히 당신 영우한테 성적 말고 관심이나 있어?"

성희가 상만을 노려보았다.

"내가 언제……."

"그건 그래. 아빤 지금도 나한테 복숭아 알레르기 있는 줄 모를걸."

상만보다 영서가 빨랐다. 영서 품에서 고개를 세운 쿠키마저 맞장구치는 것 같았다. 상만은 졸지에 나쁜 아빠가 된 게 당황스럽고 억울했다.

그때 탁자 위에 있던 상만의 핸드폰이 울렸다. 수세에 몰린 자신을 위해 누군가 작전타임을 외친 것 같았다. 상만은 할 말이 많지만 급한 회사 일일지 모르니 전화부터 받겠다는 표정으로 핸드폰을 집어 들었다. 저장돼 있지 않은 번호였지만 주저 없이 통화 표시를 터치했다.

"여보세요? 지상만 씨 핸드폰입니까?"

전화 건 사람은 외국인인 듯 서툰 한국어로 이름을 확인했다. 보이스 피싱인가?

"네, 맞습니다."

아내와 딸의 시선을 느낀 상만은 짐짓 중요한 전화인 척 목소리를 깔았다.

"안녕하십니까? 저는 허구 씨 변호사 스테판 모로입니다."

"네? 허구요? 무슨 일로……?"

상만은 벌떡 일어났다.

"허구 씨가 지금 지상만 씨 만나고 싶어 합니다."

2

집에서 나온 상만은 택시를 탔다. 얼마 전 바꾼 차는 아이들 픽업용으로 성희가 주로 사용했고 상만은 회사 차를 이용했다. 허구의 변호사가 알려 준 곳은 병원이었다. 택시는 일요일 밤의 한산한 도로를 달렸다.

"친구가 병원에 있어서 가 봐야 하니까 나중에 이야기해."

식구들에게 큰일 난 양 말하고 나왔지만 허구의 건강을 염려하지는 않았다. 그보다 갑자기 만나자고 하는 이유가 더 궁금하고 불안했다. 그동안 잊을 만하면 한 번씩 소식을 전해 왔지만 이렇게 만나자고 한 건 20년 만에 처음이었다. 변호사를 통해서 연락해 온 게 마음에 걸렸다.

혹시? 상만은 떠오른 생각을 지워 버리려는 듯 고개를 저었다.

허구의 호출에 냉큼 나선 것이 후회됐지만 이대로 되돌아가기엔 식구들한테 체면이 안 섰고 달리 갈 데도 없었다. 상만은 영우는 물론 아내와 영서까지 괘씸했다. 그들에게 걱정하고 후회할 시간을 주고 싶었다. 한편으론 아직도 허구에게 휘둘릴까 봐 두려워하는 자신을 깨닫곤 오기가 생겼다. 이제 상만은 가진 것 없고 외로웠던 열아홉 살이나 스물아홉 살 풋내기가 아니었다. 그에겐 알 만한 회사 대표 직함이 박힌 명함과, 비록 다투고 나오기는 했지만 남부러울 것 없는 가정이 있었다. 상만은 심호흡을 하며 등받이에 몸을 한껏 뉘었다.

간호사가 안내한 병실 문을 열자 응접실이 먼저 나왔고, 꽁지머리에 구레나룻과 콧수염, 턱수염이 얼굴 가득한 남자가 상만을 맞이했다. 통화했던 스테판 모로일 것이다. 문득 그의 이름이 어디선가 들어 본 것 같다는 생각이 들었다. 스테판은 상만에게 악수를 청하거나 명함을 건네는 의례적인 절차를 생략한 채 병실로 난 미닫이문을 열었다. 병실로 들어서기 전 상만은 스테판에게 물었다.

"저, 혹시 우리가 전에 만난 적 있습니까?"

스테판이 그럴 리가요, 하는 표정으로 고개를 저으며 옆으로 비켜섰다.

드디어 허구를 만날 차례다. 상만은 심호흡을 했다. 그가 들어선 방은 병실이 아니라 고급 펜트하우스나 호텔 스위트룸 같았다. 환자복을 입은 허구는 도시 야경이 펼쳐진 창가 침대에 앉아 있었다. 상만이 다가가자 허구가 손을 내밀며 말했다.

"어서 와라. 갑자기 오라고 해서 미안하다."

허구의 손은 마른 삭정이처럼 세게 잡으면 부러질 것 같았다. 원래도 강골은 아니었지만 쇠약한 느낌이었고 가까이에서 본 얼굴엔 병색이 완연했다. 전혀 예상하지 못했던 상황에 상만은 당황했다.

"이건 웬 꾀병 부리는 회장님 코스프레냐? 검찰 소환장이라도 받은 거야?"

상만은 나름 유머라고 생각하며 말했다. 그렇게 불길함을 떨쳐 버리고 싶었다.

"검찰 소환장은 몰라도 저승 소환장은 받았다."

허구가 웃으며 말했다.

"썰렁한 건 여전하네. 이제 지구엔 더 여행할 데가 없냐?"

그들은 말장난으로 20년의 세월을 메꿨다.

"그래. 더 갈 데도, 시간도 없다. 나, 얼마 안 남았어."

췌장암이 온몸으로 전이된 허구는 선고받은 시한부 삶을 이미 다 채운 상태였다. 열흘 넘게 중환자실에 있다 오늘 낮에 병실로 옮겨 왔다고 했다. 허구는 주치의가 브리핑하듯 담담한 어조로 자신의 상황을 설명했다. 상만의 얼굴이 점점 굳어졌다.

"죽기 전에 한 번은 봐야 할 것 같고, 부탁할 것도 있고 해서 연락했다."

이번에도 허구는 상만의 인생을 후려쳤다. 죽음이라니. 상만은 자신의 온 영혼이 휘청하는 느낌을 받았다. 쉽사리 바로 설 수 없었다.

"새끼야, 너 여행자라면서. 무슨 초능력자가 암이나 걸리고, 가지가지 한다."

여행자. 상만의 입으로 처음 꺼낸 단어였다.

"암 같은 거 우습게 고칠 수 있는 데도 있을 거 아냐. 그런 데 가서 고치고 살지 여긴 왜 왔어? 이제 와서 뻥이라고 하지 마라. 내 손에 먼저 죽는다."

상만이 으르댔다. 그는 허구의 죽음 앞에서 거의 제정신이 아니었다.

"네 말대로 그렇게 해서 더 살려고 하는 사람도 있겠지. 그런데 부질없다는 생각이 들더라고. 여기서 내 명은 이것뿐이고, 이게 내 진짜 삶인데."

"진짜 삶은 개뿔. 여기 누가 있다고 왔어? 연락은 왜 해? 죽으려고 왔으면 혼자 죽지 왜 알리냐고, 새끼야."

그랬으면 어딘가에서 잘 살고 있는 줄 알며 지냈을 것이다. 상만은 허구와 영원히 마주치고 싶지 않다고 생각했지만 그가 아예 사라지기를 바란 적은 없었다. 허구는 상만에게 일용할 밥이나 몸을 누일 집처럼 반드시 필요한 존재는 아니었다. 하지만 상만의 인생에서 허구를 떼어 내면 삶 자체를 설명하기 어려웠다. 그런 존재가 죽는다는 건 삶 한 귀퉁이가 무너져 내리는 것과 마찬가지였다. 상만은 그 사실이 휘몰아치는 폭풍우처럼 자신을 뒤흔드는 것을 느꼈다.

"그래. 그때 떠날 땐 영원히 안 돌아올 생각이었어. 이곳이 제일 지옥 같았으니까. 그런데 내 삶이 끝나지 않으면 이 지옥도 안 끝나. 차라리 홀가분하다."

상만이 날뛸수록 허구는 더 차분해졌다. 지옥 같았다니. 배부른 투정 하는 걸로 인간의 죗값을 매긴다면 허구는 최고형을 받아 마땅할 것이다. 그는 불공평하고 불공정한 세상에서 보통 사람보다 많은 것을 누리면서 살았다. 인간에게 공평한 건 오로지 죽음뿐이다. 하지만 허구는 죽음 앞에서조차 배부른 투정을, 아니 배부른 자의 여유를 부리고 있었다.

"50년도 못 살고 죽는다는데 넌 뭐가 그렇게 초연하냐? 혹시 뭐 냉동인간 같은 거 예약해 놨냐? 나중에 살아나는 거야? 그래서 이러는 거야?"

"50년도 못 살긴. 500년은 산 것 같다."

상만은 친구가 없는 세상이 벌써 텅 빈 것 같은데 허구는 상만이 남아 있을 곳에 아무 미련이 없어 보였다. 언제나 그런 존재였다, 자신은 그에게.

허구는 상만에게 자신의 마지막 길을 부탁했다. 죽으면 화장해서 아무 데나 뿌려 달라고 할 줄 알았는데 부고장까지 미리 써 놓았다. 초대장 문구는 더 이상 바랄 게 없어 무료해진 인간이 죽음을 가지고 장난치는 것 같았다. 하지만 허구는 진지한 얼굴로 초대장을 경일고 3반이었던 친구들에게만 보내라고 했다. 그를 위해 상만도 알지 못하는 반 밴드에 가입까지 해 놓았다.

"초대장은 거기다 올리면 되고 상주는 네가 해라. 하룻저녁이면 돼. 나머지는 내 변호사가 다 알아서 할 거야."

상만은 허구의 마지막 부탁이 곤혹스러웠다. 상주 노릇까지는 당연하게 여기며 할 수 있다. 하지만 허구가 제 장례식에 부르라고 지정한 대상은 경일고 친구들이다. 그동안 아무 교류 없던 그들을 맞이해야 하는 사람은 죽은 허구가 아니라 살아 있는 자신인 것이다.

상만은 결혼한 뒤 제천과의 모든 인연을 끊다시피 하고 살아왔다. 외가는 물론 친구들하고도 마찬가지였다. 경조사를 챙기기는커녕 안부조차 모르고 지내던 고등학교 동창들에게 부고장을 보내는 것 자체가 낯 뜨거운 일이었다. 어쩌면 그 일로 다시 연결

되는 게 더 싫은 건지 몰랐다. 상만은 왜 하필 그 친구들이냐고 물었다. 상만이 알지 못해도 대학 친구도 있을 테고, 그동안 사회에서 맺은 인연도 있을 것이다.

"너하고도 친구잖아."

허구의 답변은 간단명료했다. 틀린 말은 아니었다. 상만과 허구가 함께 아는 친구들은 경일고 3반 애들뿐이었다. 그렇다고 처음 보는 낯선 문상객보다 고등학교 친구들이 더 편하다는 생각은 들지 않았다.

"부탁이 하나 더 있어. 오래 걸리지 않을 테니 내 곁에 있어 줘. 마지막만큼은 혼자 있고 싶지 않다."

그동안 부탁하고 기대는 쪽은 늘 상만이었다. 허구가 이런 모습을 보이는 건 처음이었다. 초탈한 척, 센 척, 특별한 척 했지만 그도 죽음이 두려운 나약한 인간인 것이다. 상만은 친구의 마지막 부탁을 거절할 수 없었다. 마음속에 찜찜함으로 남아 있는 빚을 갚을 기회이기도 했다.

-친구가 위독해. 당분간 곁에 있어야 할 거 같아. 다시 연락할게.

상만은 성희에게 문자를 보냈다. 타인의 죽음만큼 자신이 살아 있음을 일깨워 주는 것도 없다. 상만은 가족이 새삼스레 소중했고, 문자를 받은 아내 또한 그러리라 믿었다.

현대 의학이 포기한 허구에게 남은 것은 고통뿐이었다. 의사는 강한 진통제를 처방했다. 허구는 진통제를 맞고 고통이 잦아들면 잠에 빠지기 전까지 잠깐이라도 상만과 이야기하고 싶어 했다. 그들은 주로 제천 이야기를 했다.

"너 개구멍 문으로 나가다 떨어졌던 거 기억나냐?"

"무슨 소리야? 내가 언제 떨어졌어?"

"슬레이트 지붕 뚫고 창고로 떨어져서 다리에 깁스했었잖아."

"얘가 또 진통제 맞고 헛걸 봤나 보네."

상만은 월요일 회사에 나가 급한 업무만 처리한 뒤 곧바로 허구 곁으로 돌아왔다. 의사가 한순간에 급격히 나빠질 수 있다고, 마음의 준비를 하라고 한 터라 조급했다. 하지만 상만이 할 수 있는 일은 크게 없었다. 그저 한 인간이 자기 생의 마지막을 향해 달려가는 것을 지켜보는 것뿐이었다. 가끔 정신이 돌아오면 말을 걸거나 손을 잡는 것으로 그가 아직 살아 있음을 확인시켜 주는 게 다였다.

허구는 고통에 몸부림치며, 또는 진통제로 인한 환각 속에서 무엇인가 붙잡으려는 듯 허공을 향해 손을 휘저었다. 죽음 앞에 선 그가 붙잡으려는 것은 무엇일까? 그저 자기 영혼이 육신에서 빠져나가려는 것을 아는 인간의 반사적인 행동에 불과한 걸까. 당사자의 의지와 상관없이 그의 삶과 죽음이 마지막 사투를 벌이고 있는 걸까. 그게 무엇이든 허구의 손짓은 상만을 헤집었다. 그 손짓에 덮어 두었던 기억들이 넝쿨손처럼 기어 나와 상만을 휘감았다.

3

순천행은 처음부터 잘못 꿴 단추였다. 상만은 얼마 지나지 않아 순천행의 가장 큰 목적이 도피였음을 인정하지 않을 수 없었다. 과거와 단절하고 새롭게 살고 싶어 낯선 곳을 택했지만 자신을 닫은 채 맺을 수 있는 관계란 없었다. 외지에서 온 학생에겐 고향부터 물었고 가족 관계 역시 대화를 이끌어 가는 필수 요소였다. 솔직해질 생각도 없고 적당히 거짓으로 둘러댈 성격도 못 되는 상만은 사람들과 어울리기 어려웠다. 수석 합격자에게 기대와 관심을 가졌던 교수나 동기들은 속을 감춘 채 겉도는 상만에게서 점점 멀어졌다.

외삼촌이 얻어 준 자취방 책상 위엔 법전보다 다른 책이 많아졌다. 법전을 볼수록 상만은 자기가 인간의 죄를 논할 수 있는 사람인지 스스로에게 묻게 됐고 점점 자신이 없어졌다. 그는 강의 시간에 배우는 판례 속 실제 인간이 아니라 문학작품 속 인물들에게 더 연민을 느끼고 공감했다. 성적은 장학금 수혜 탈락을 겨우 면하는 수준으로 내려앉았다. 목표도 졸업 전 사시 1차 합격으로 하향 조정됐다. 1차라도 붙어야 외가 식구들에게 체면치레가 되고 외삼촌에게도 최소한의 보답이 될 것 같았다.

새로운 각오로 3학년을 맞이한 상만에게 컴퓨터가 생겼다. 옆방에서 자취하던 공대생 형이 취직해서 떠나며 그동안 진 빚 대신 넘겨준 컴퓨터였다. 그는 상만에게 종종 쌀이며 자잘한 액수의 돈을 꿔 가곤 했다. 외삼촌이 쌀만큼은 풍족하게 보내 주었고, 넉넉지 않은 용돈이지만 워낙 아껴 써 비상금 정도는 늘 지니고 있었다.

컴퓨터가 생긴 상만은 PC통신이라는 신세계에 빠져들었다. PC통신망에는 SF, 무협, 판타지 같은 장르 문학 동호회들이 많았다. 동호회마다 아마추어 작가들이 소설을 연재하는 게시판이 있었다. 대부분 엉성하고 황당무계했는데 몇몇 SF 소설은 읽을 만했다.

상만은 게시판 글에서 평행 우주 이론을 접하고 깜짝 놀랐다. 헛소리라고 여겼던 허구 이야기는 실제 과학 이론이었다. 상만은 학교 도서관으로 달려가 게시판 댓글에서 말하는 책들을 찾았다. 없으면 구입 신청을 해서까지 읽었다. 문과인 데다 입시에서 생물을 선택했던 상만은 물리학 용어들이 외계 언어처럼 어렵고 생소했다. 아이러니하게도 허구의 말과 글이 이해를 도왔다.

이론상으로 자신에게서 갈라져 나간 또 다른 '나'들이 살아가는 평행 세계가 존재할 수 있다. 그러면 상만에게도 허구나 은주를 아예 모르고 사는 세계, 허구와 서울로 간 세계, 엄마가 죽지 않은 세계, 또는 아버지까지 함께 사는 세계가 있을 것이다. 상상하다 보면 자기 존재 자체가 우주 공간 어딘가로 흔적 없이 사라지는 기분이었다. 상만은 고개를 흔들었다. 날마다 이런 상상 속에서 살았던 허구가 제정신일 리 없었다.

다행히 과학자들은 평행 우주가 존재한다고 해도 실제론 각각의 우주끼리 '결 어긋남'이란 상태에 있어 상호작용을 주고받을 수 없다고 단정 짓고 있었다. 어딘가에 또 다른 내가 살아가고 있는 세계가 있다손 치더라도 서로 알지 못한다는 말이다. 상만은 과학자의 단언에 안도감을 느꼈다. 그러면 없는 것이나 마찬가지다.

상만을 뒤흔들었던 허구의 글은 과학 이론에 적당히 경험과 상상을 버무려 놓은 것이었다. 그래 놓고 전부 실제 경험인 것처럼 굴었다. 몰래 글 쓰는 걸 들킨 게 쪽팔려서 그랬을 수도 있다. 남고에서 글 쓰는 아이는 별종 취급을 받기도 하니까. 허구는 멋진 척, 자유로운 척, 호탕한 척, 온갖 척은 다했지만 실은 남몰래 친구를 소재 삼아 지질한 상상이나 펼치는 녀석이었던 것이다. 상만은 그런 허구 때문에 순천으로 도망쳐 온 자신이 한심했다.

문예지에서 우연히 본 문호 소식에 더 그런 생각이 들었다. 대학생 문학 공모전 소설 부문 가작 당선자가 서문호였다. 문호는 자기가 원하던 대학에 떨어지고 청주에 있는 사립대학에 들어갔다. 휴학 중이라고 나온 걸 보면 군대에 간 모양이었다. 상만은 남들이 자기 꿈을 향해 나아가고 있는 동안 혼자만 길을 잃은 채 허우적거리는 것 같았다. 사법고시 합격이라는 목표가 요원해진 상만은 막막하고 불안했다. 어디든 그 마음을 털어놓고 위로받고 싶었다.

상만이 애초 글쓰기로부터 멀어진 것은 자기 이야기를 하고 싶지 않아서였다. 목까지 차오른 이야기로 가슴이 답답할 때도 있었지만 구차한 삶을 복기하는 것도, 그 삶을 남들이 아는 것도 싫었다. 그런데 SF라면 설정이라는 방패 뒤에 숨을 수 있었다. 허구가 그랬던 것처럼 말이다. 천차만별인 회원들의 수준에 자신이 생겼지만 쓰고 싶다는 열망에 비례해 두려움도 커졌다. 한번 글을 쓰기 시작하면 사시 공부에서 영영 손을 떼게 될 것 같았다. 유혹을 떨치며 법전을 보고 있으면 아이디어가 떠올라 법 조항을 마구 흩어 놓았다. 중간고사를 망친 뒤 상만은 결국 소설을 쓰기 시작했다.

주인공은 평행 우주 여행자였다. 허구의 독창적인 아이디어가 아니니 거리낄 게 없었다. 주인공 혁은 가계 유전에 의해 여행자가 됐다. 혁은 어려운 내용으로 가득한 할아버지와 아버지의 연구 노트만 봐도 골치가 딱딱 아픈 대학생이었다. 그는 자기 능력을 시험문제나 복권 당첨 번호를 알아내는 데 쓰려 들고, 좋아하는 여자애 환심 사는 데 이용할 궁리로 바빴다. 상만은 자신은 한 번도 살아 보지 못한 혁의 삶을 그리며 대리 만족을 느꼈다.

'더 트래블러'란 제목으로 1회를 올린 지 얼마 되지 않아 댓글이 달리기 시작했다. 신상이 드러나지 않으니 아무렇지 않을 줄 알았는데 막상 평들을 보자 가슴이 두방망이질 쳤다. 이게 무슨 SF냐, 허접하다, 다른 동호회 게시판으로 가라, 과학적 근거가 빈약하다, 그런데 캐릭터가 현실적이다, 주인공에게 친근감이 느껴진다, 다음 회가 궁금하다……. 댓글을 하나하나 읽는 동안 상만의 심장 뛰는 소리가 머릿속까지 울렸다. PC통신 세상에선 글쓴이가 어떤 사람인지, 무엇을 하는 사람인지, 부모가 있는지 없는지, 부자인지 가난한지, 잘생겼는지 못생겼는지, 키가 큰지 작은지 아무 상관 없었다. 그 세계에선 소설만 잘 쓰면 경배와 찬양의 대상이 될 수 있었다.

연재가 이어지는 동안 소설 속 혁은 모든 것을 가진 인물이 돼

갔지만 현실의 상만은 점점 더 나락으로 떨어졌다. 4학년 장학금을 타지 못하게 된 상만은 외삼촌에게 차마 등록금을 해 달라고 말할 수 없었다. 우선 미안했고, 큰소리쳤던 걸 생각하면 자존심도 허락하지 않았다. 상만은 유일한 대안인 군 입대를 결정했다.

「더 트래블러」 마지막 회에서 혁은 어렸을 때 헤어진 엄마를 찾아갔다. 엄마는 연구에 미친 아빠를 떠나 아들과 함께 살아가고 있었다. 그 아들은 엄마와 살기를 선택한 또 다른 혁이었다. 여행자 혁이 그 모습을 지켜보는 마지막 부분을 쓰며 상만은 울컥했다. 그 장면을 위해 그동안 여러 이야기를 늘어놓은 느낌이었다.

운명의 경계

1

상만이 허구를 다시 만난 것은 스물아홉 살 봄이었다. 서울에서 산 지 4년째 접어든 상만은 초등학생용 학습지를 만드는 회사에 근무하고 있었다. 그날 상만은 간신히 혜화역을 빠져나왔다. 인쇄소에 다녀오는데 투신 사고로 지하철이 멈춰 선 바람에 한 시간 가까이 갇혀 있다 나오는 길이었다.

상만은 제대 뒤 취직을 선택했다. 복학할 등록금도 없었고, 있다 해도 사시 공부를 계속하기 싫었다. 졸업장에도 미련 없었다. 사시 패스를 하지 못한 법대 졸업장은 오히려 패배의 증표 같았다. 외박 나갈 때마다 PC방에 가서 일자리를 찾던 상만은 PC통신 커뮤니티에서 한 구인 광고를 보았다. 작은 회사였지만 숙소 제공이라는 조건이 모든 저울질을 덮게 했다. 우선 잘 데가 있는 그곳에서 일하며 경력을 쌓은 뒤 다른 길을 찾아보면 될 것이다.

상만은 제대하기 전 외삼촌에게 편지를 보냈다. 그동안의 뒷바라지를 물거품으로 만들고 기대를 박살 내는 이야기를 대면하고 할 자신이 없었다. 편지 말미에 쓴, 언젠간 반드시 은혜에 보답하겠다는 말을 스스로 위안 삼았다.

회사 건물은 성북동에 있는 단독주택이었다. 상만은 명목상 연구개발팀 소속이었지만 회사 숙소에서 지내는 탓에 청소와 마당 관리는 물론 경비까지 겸했다. 고되긴 해도 태어나서 처음으로 자신을 온전히 책임진다는 사실에 뿌듯했고, 일도 할 만했다.

하지만 서울에서 네 번째 맞이한 봄은 상만을 깊은 우울 속에 빠뜨렸다. 거리가 따뜻하고 환할수록 가슴 밑바닥에 웅크리고 있는 차가운 외로움이 모습을 드러냈다. 상만은 밤마다 거리를 배회하거나 맥주 한 캔 사 들고 공원에 앉아 또래 청년들의 모습을 바라보곤 했다. 회사에서 20여 분쯤 걸어 나가면 젊은이들로 북적거리는 대학로였다. 달달한 분위기를 풍기는 연인들이나 삼삼오오 무리 지어 웃고 떠드는 그들은 상만과 다른 세계를 사는 것 같았다.

상만은 화창한 봄날 철로 위로 몸을 던진 사람이 남 같지 않았다. 지독한 외로움이 그를 떠다밀었을 것 같았다. 빨리 회사에 들어가야 했지만 상만은 버스를 타는 대신 걷기로 했다. 집이기도 한 회사가 깊고 어두운 동굴처럼 여겨졌다.

털레털레 걷던 상만이 우뚝 멈춰 섰다. 그의 눈은 맞은편에서 걸어오고 있는 사람에게 붙박여 있었다. 헐렁한 니트 셔츠와 청바지 차림의 남자는 분명히 허구였다. 머리만 더 길 뿐 제천 이층집 개구멍 문에서 방금 뛰어내린 양 변함없었다. 상만은 심장이 벌렁거려 아무 말도 못 하고 서 있었다.

"지상만 출세했네. 서울 시민도 되고."

상만 앞에 선 허구가 싱긋 웃으며 말했다. 어제도 만났던 사이처럼 심상한 말투였다.

"미친놈, 너만 서울 살 줄 알았냐?"

상만은 소용돌이치는 감정을 주체하지 못한 채 간신히 말했다. 열아홉 살 때 헤어진 뒤 첫 만남이었다. 그는 여전히 허구가 가장 친한 친구임을 뼈저리게 깨닫고 있었다. 이 벅찬 해후를 즐기고 싶었지만 일이 잔뜩 밀려 있었다. 상만은 아쉬운 마음으로 허구에게 명함을 건네주었다. 허구는 명함을 슬쩍 본 뒤 주머니에 넣으며 말했다.

"술 한잔하자. 저 골목에 괜찮은 생맥주집 있는데."

근무 중에 술이라니. 시간이 흘렀어도 허구는 여전히 유유자적했고, 상만은 쌀자루 같은 삶의 무게를 짊어진 채 살아가고 있었다. 하지만 이젠 일방적으로 허구에게 신세 져야 하는 처지가 아니라 온 나라가 휘청거리는 IMF에도 직장이 있는 어엿한 사회인이었다.

"짜식, 철 안 든 건 여전하네. 대낮부터 무슨 술이야. 나 외근 나왔다 회사 들어가는 길이야. 이번 주는 토요일 저녁때나 돼야 시간이 나."

상만은 직장인의 애환을 한껏 뽐냈다.

"그럼 그때 보자. 명함에 있는 번호로 전화하면 되냐?"

아무 때나 좋은 듯한 허구는 아직 학생이거나 백수인 것 같았다.

"그래, 그때 생맥주집에 가든지. 마침 월급 때니까 한턱 쏠게. 참, 어머니, 아버지 안녕하시지?"

그제야 생각난 것처럼 말했지만 사실 상만은 허구를 보는 순간 그의 부모님도 함께 떠올랐다. 그분들이 상만에게 베풀어 주었던 호의는 쉽게 잊힐 만큼 가벼운 게 아니었다. 따뜻하고 행복한 기억은 엄마나 외삼촌네 식구보다 허구네 가족하고 더 많았다. 그런 분들한테 인사도 제대로 못 드린 채 헤어진 게 늘 마음에 걸렸었다.

"노친네들 나이 드니 여기저기 아프지 뭐. 아, 토요일 저녁에 그냥 우리 집으로 와라. 요새도 네 얘기 하는데, 보면 반가워하실 거야."

허구 말에 상만은 코끝이 찡했다. 그리고 토요일을 기다리는 동안 일이 제대로 손에 잡히지 않을 만큼 설렜다.

2

상만은 허구가 일러 준 대로 정릉시장 앞에서 버스를 내렸다. 걷고, 버스 타는 시간 다 합해서 30여 분밖에 안 걸리는 곳이었다. 이렇게 가까운 곳에 허구네 집이 있었다니. 상만은 서울 한복판에서 우연히 허구를 만나고 그의 집에까지 가고 있는 게 아직도 신기했다. 그날 다른 직원이 인쇄소에 갔다면, 지하철에서 사고가 나지 않았다면, 역을 나와 버스나 택시를 탔다면……. 허구를 만나지 못했을 경우의 수들은 많고도 많았다.

상만은 사람들이 저녁 장을 보러 나온 시장에서 고기와 술을 샀다. 인사치레를 할 수 있는 형편이 된 게 뿌듯했다. 제천을 떠오르게 하는 시장 골목이 과거로 거슬러 가는 통로 같았다. 시장 끝에 허구네 이층집이 기다리고 있을 것 같았다.

허구네 집은 비슷하게 생긴 단독주택들로 이루어진 주택가에 있었다. 담장 너머로 연녹색 잎을 피워 올린 감나무며 대추나무들이 보였다. 상만은 문패보다 담장 가에 세워진 차를 보고 허구네 집임을 알았다. 빛나던 검정색 차는 이제 낡은 모습이었지만 아는 사람을 만난 양 반가웠다. 상만이 벅찬 심정으로 초인종을 누르자 허구가 나와 문을 열어 주었다. 허구는 그사이 덥수룩하던 머리를 깔끔하게 깎은 모습이었다. 게다가 단정한 티셔츠와 면바지 차림이 지난번에 보았을 때와 분위기가 달랐다.

"잘 찾아왔네."

상만은 대답 대신 허구 배를 한번 툭 친 후 집 안으로 들어섰다. 반지하층 위에 지어진 집이라 계단을 올라가야 했다. 시멘트 바른 마당가 작은 화단에 무슨 꽃인지 모를 식물들이 새싹을 올리고 있었다. 제천 이층집의 정원과 집 앞에 펼쳐져 있던 과수원이 생각났다. 해피는 보이지 않았다.

허구를 따라 집 안으로 들어가자 아버지가 반겼다. 아버지가 앉아 있는 빛바랜 소파는 제천 거실에 있던 그 응접세트였다. 거실 한가운데 자리 잡고 있던 갈색 가죽 소파는 얼마나 위풍당당했던가. 낡은 차와 빛바랜 소파처럼 허구의 아버지도 나이 든 모습이었다.

"그동안 안녕하셨어요?"

상만은 뭉클한 감정으로 인사했다.

"어서 오라. 기다리고 있었어."

다행히 호탕하고 기운찬 목소리는 여전했다.

"상만아, 어서 와. 이게 몇 년 만이야."

허구 어머니가 주방에서 나왔다. 지난 세월의 흔적이, 주름진 얼굴과 그때보다 쪼그라든 몸에 남아 있었다. 상만은 두어 걸음에 뛰어가 어머니의 손을 잡고 인사했다. 그리고 사 간 것을 건넸다.

"그냥 오면 어때서 이런 걸 들고 와, 손님처럼."

상만은 코 속이 매워졌다.

네 사람은 곧 식탁에 둘러앉았다. 제천에서처럼 푸짐한 상이었다. 밥 먹는 동안 제천의 추억과 상만이 서울에 오기까지 이야기가 주된 화제가 됐다. 그전에도 상만은 자기 이야기 하는 걸 좋아하지 않았지만 제천을 떠나면서는 더 꺼리게 되었다. 회사에서의 별명도 크렘린이었다. 그런데 자신에 대해 이미 알고 있으며 무조건 호의적인 허구의 부모님 앞에 앉자 응석 부리듯 지난 이야기가 저절로 흘러나왔다.

상만은 적당히 덧보태고 빼 가며 그간의 일을 이야기했다. 밥을, 방을, 책상을, 참고서를 빌리던 때와 달라졌음을 알리고 싶었다. 신세 지는 사람이 갖기 마련인 비굴함 없이 편하고 자유롭게 허구와 부모님을 대하고 싶었다. 상만이 회사에서 얼마나 인정받고 있는지 설명하자 아버지가 술을 따라 주었다.

"한잔 받으라. 그동안 잘 지낸 거이 기특하구나."

"그래, 그동안 얼마나 힘들었겠어. 이렇게 다시 만났으니 앞으로 자주 놀러 와서 밥도 먹고, 반찬도 가져가고 해."

아버지, 어머니의 말이 외롭고 고단했던 상만의 마음을 어루만져 주는 것 같았다.

아버지의 목소리가 커지고 발음도 풀어지자, 어머니가 허구 눈치를 보며 아버지를 일으켜 세웠다.

"자고 가라. 상만아, 우리 구야하고 더 놀다 가라."

아버지가 취한 목소리로 말했다.

"그래. 자고 가. 내일 아침 네가 사 온 고기로 국 끓여 줄게."

어머니가 아버지를 이끌고 방으로 갔다.

식탁에 둘만 남자 상만은 허구를 보았다. 밥 먹는 내내 허구는 상만이 떠드는 걸 듣기만 했다. 질문도 거의 부모님이 했다. 상만은 백수인 듯한 허구 앞에서 직장 이야기를 너무 많이 한 게 뒤늦게 신경 쓰였다.

"그냥 가면 섭섭하지. 술 한잔 더 하고, 자고 가."

허구가 선선한 얼굴로 말했다. 상만도 바라던 일이었다. 회포를 풀며 언뜻언뜻 어색함으로 자취를 드러내는 10년의 공백을 얼른 털어 버리고 싶었다. 무엇보다 회사 숙소로 돌아가고 싶지 않았다.

둘은 캔맥주를 챙겨 들고 방으로 자리를 옮겼다. 침대와 컴퓨터가 놓인 책상, 작은 테이블만 있었다. 잠시 뒤 허구 어머니가 문밖에서 상만이 어디에서 잘 건지 물었다.

"옆방에다 이부자리 해 줘요."

허구가 대답했다. 상만도 한 침대에서 자는 것보다 그게 나았다. 그사이 키가 더 큰 것도 몸집이 분 것도 아닌데 침대가 작아 보였다.

둘은 맥주 캔을 따 부딪쳤다. 이제 허구 이야기를 들을 차례였다. 한 모금 마신 상만이 물었다.

"그때 제천에서 갑자기 왜 이사했던 거야?"

둘이 헤어진 뒤부터 차근차근 알고 싶었다.

"재수하겠다니까 노친네들이 나만 보낼 수 없다면서 같이 온 거지, 뭐."

아버지의 사업 때문에 예정보다 급히 이사하느라 졸업식에도 못 갔다고 했다. 상만은 허구보다 자기를 더 따랐던 해피에 대해 물었다. 해피는 재작년 수명을 다하고 죽었다.

허구는 제 계획대로 서울로 와 재수를 했다. 「허구의 기록」을 보지 않았더라면 상만도 허구와 함께 왔을 것이다. 그럼 지금 어떤 삶을 살고 있을까? 서울에서 허구와 함께 살며 대학을 다녔다고 해도 사법고시는 포기했을 것 같았다. 무사히 졸업은 했을까? 그리고 지금보다 나은 회사에 취직했을까? 알 수 없는 일이었다. 기업들의 구조조정이나 도산으로 상만 또래 젊은이들은 대학을 졸업하고도 취직을 못 하는 현실이었다.

허구는 삼수 끝에 서울에 있는 대학 불문학과에 들어갔다. 고등학교 때 제2외국어가 불어이긴 했지만 허구가 대학에서까지 불문학을 공부했을 줄은 몰랐다. 뿐만 아니라 프랑스로 어학연수까지 다녀왔다고 했다. 상만은 신문에서 해외로 어학연수 가는 대학생이 늘고 있다는 기사를 보며 딴 세상 일로 여겼더랬다. 허구는 전이나 지금이나 여전히 다른 세상 사람이었다.

"아예 유학 가고 싶었는데 엄마가 드러눕는 바람에 어학연수로 끝냈어."

재수할 때조차 떼어 놓지 못해 이사한 분들이니 당연히 그럴 만했다. 어학연수는 어떻게 보내 주었을까 싶었다. 상만은 군대를 물었다. 허구가 폭압적인 위계질서에 순응해야 하는 군대 생활을 어찌 견뎠을지 궁금했다.

"6개월 방위. 2대 독자잖아. 그나저나 취직해야 하는데 어렵네."

허구가 비운 맥주 캔을 우그러뜨렸다. 상만은 길에서 허구를 보았을 때만큼이나 깜짝 놀랐다.

"취직하려고? 네가? 왜?"

허구가 월급쟁이를 한다는 게 상상되지 않았다.

"무슨 반응이 그래? 그럼 평생 놀고 먹냐?"

허구가 어이없어했다.

"아니 뭐, 아버지가 대리점 차려 주신다고 했다던 게 생각나서. 아니면 아버지 사업이라도 물려받을 줄 알았어."

"됐다 그래. 내 힘으로 살아야지. 여기저기 이력서 내봤는데 소식이 없어."

상만은 친구와 비로소 같은 세계에서 마주한 듯 반가웠다. 이젠 허구와 술잔을 기울이며 삶의 고단함이나 무게에 대해 이야기할 수 있을 것이다.

"어떤 회사 가고 싶은데?"

"여행사. 투어 컨덕터를 하고 싶어."

"그게 뭐야?"

"패키지여행 인솔자. 일단 여행사에 들어가서 경력을 쌓아야 돼."

"가이드 같은 거네. 근데 그게 왜 하고 싶은 거야?"

상만은 이해되지 않았다. 여전히 물 한 잔도 어머니가 떠다 바쳐야 마시는 녀석이 할 수 있는 일은 아닌 것 같았다.

"그냥 여기저기 돌아다니고 싶어서. 외국 나가는 게 쉬운 일은 아니잖아."

상만은 허구의 제천 방에 붙어 있던 세계지도를 떠올렸다. 그리고 그의 글 첫 부분도 함께 떠올랐다. '여행가가 자의적으로 선택한 직업이라면 여행자는 그것이 숙명인 사람들이다.' 공모전에 내기 위해, 은주와의 인터뷰를 위해 외울 만큼 여러 번 읽었던 터라 시간이 흘렀는데도 뚜렷이 기억났다. 여행자니 뭐니 하며 글에서 늘 여행 타령을 했지만 상만은 허구가 진짜 여행을 좋아하는 줄은 몰랐다.

"얘가 아직 사회를 모르네. 직장 일로 가면 그게 출장이지 여행이냐?"

"상관없어. 거기 가는 게 중요하니까."

상만은 그 말이 의미심장하게 들렸다. 허구가 쓴 글에 의하면 그의 여행은 자신이 있는 물리적 장소를 벗어날 수 없다. 「여행자 K」에 나왔던 장발 청년이 떠올랐다. 허구가 여행으로 본 그 청년은 프랑스어를 쓴다고 했었다. 그래서 불문학을 전공하고 프랑스로 어학연수를 갔던 걸까? 여행사에 취직해서라도 외국에 가려는 것 역시 또 다른 평행 세계로 여행하기 위해서일까? 혹시 10년 만의 느닷없는 재회도, 우연이 아닌 건 아닐까? 허구는 그날 그 시간에 상만이 그곳에 있을 것을 이미 알았는지도 모른다.

상만은 꼬리를 무는 생각을 황급히 지워 버렸다.

"외국엔 왜 가고 싶은 건데?"

상만은 확인하듯 물었다.

"나를 만나기 위해서지. 여행에서 진정한 나 자신을 만날 수 있다, 그런 말 몰라?"

허구가 빙글빙글 웃으며 맥주 캔을 들었다.

3

상만은 오줌이 마려워 잠이 깼다. 거실 괘종시계가 네 번을 울렸다. 얼른 소변을 보고 와 휴일 아침잠을 더 즐기고 싶었다. 회사 숙소에서와 달리 일어나면 온 식구가 함께하는 밥상이 기다리고 있을 것이다.

문 옆 벽을 더듬거려 스위치를 올리자 책상과 책장, 옷장이 있는 방 풍경이 드러났다. 이곳도 허구 방이었다. 상만은 자기도 모르게 책상 아래 서랍을 보았다. 바뀐 책상 서랍엔 자물쇠 장치가 없었다.

상만은 거실로 나갔다. 안방에서 아버지 코 고는 소리가 흘러나왔다. 옆방인 허구 방에 귀를 기울여 보았으나 조용했다. 화장실로 가 소변을 본 상만은 수돗물을 틀어 얼굴을 적시고 쿨럭 쿨럭 물 양치도 했다. 입가를 훔치며 거울을 보는데 문득 허구가 구역질하며 방을 뛰쳐나가던 모습이 떠올랐다. 상만이 화장실로 따라갔으나 허구는 문을 열어 주지 않았다. 지난밤 술자리가 파한 건 그래서였다.

구토. K 세계로의 여행은 구토 증세로 시작됐다. 허구는 어젯밤 다른 세계에 갔던 걸까? 그곳에도 내가 있었을까? 그곳의 나는 어떤 모습일까? 며칠 전 길에서 만났던 허구가 K는 아니었을까, 하는 황당한 생각까지 들었다. 예전에는 허구가 여행자니, 가지 않은 길이니 해도 허무맹랑한 이야기라고 코웃음 쳤는데 지금은 오히려 상만이 자기도 모르게 그 생각에 집착하고 있었다. 상만은 얼굴에 찬물을 더 끼얹었다.

화장실을 나온 상만은 허구 방을 지나다 멈춰 섰다. 여전히 아무런 기척도 들리지 않았다. 혹시……. 상만은 조심히 문을 열었다. 방 안에 갇혀 있던 술 냄새가 덮치듯 몰려왔다. 창문으로 비쳐 든 희미한 빛에 허구가 보였다. 여전히 새우처럼 꼬부린 자세로 잠든 모습이었다. 다른 우주는커녕 침대 밖으로도 못 벗어날 것 같았다. 상만은 스스로를 비웃으며 방문을 닫았다.

방으로 돌아온 상만은 불을 끄고 자리에 누웠다. 무언가 촉수를 뻗어 상만을 끌어당기는 것 같아 잘 수 없었다. 결국 다시 일어나 불을 켠 상만은 책장을 훑어보았다. 대학 교재, 여행서,

과학서, 소설 등 다양한 분야의 책과 잡지, 비디오테이프가 두서없이 꽂혀 있는 평범한 책장이었다. 다시 만난 허구는 취직 고민을 할 정도로 현실적이었고 자꾸 망상에 빠지는 건 오히려 상만이었다.

'그래, 확인해 봐. 문제는 허구가 아니라 너인 걸 확인하라고.'

상만은 자신에게 말하며 책상 앞에 앉았다. 그러곤 위 서랍부터 차례로 열어 보았다. 누구에게나 있는 자질구레한 잡동사니들이 들어 있었다. 이제 맨 아래 서랍만 남았다. 상만은 심호흡을 한 뒤 서랍을 열었다. 다이어리가 있었다. 갈색 가죽 다이어리는 오래된 듯 가장자리가 닳았다. 두툼하고 묵직한 다이어리를 감은 줄을 풀 때 두려움과 후회가 밀려왔지만 지금 와서 멈출 수는 없었다. 앞머리 일정표엔 메모들이 적혀 있었다. 두근거리며 살폈지만 약속이나 할 일, 한 일들을 적어 놓은 듯한 메모는 특이점이 없어 보였다.

불룩한 중간 부분을 펼치니 폴라로이드 카메라로 찍은 사진이 여러 장 들어 있었다. 프랑스로 어학연수 갔을 때 사진들인 듯했다. 허구 혼자, 또는 여럿이서 찍은 사진들 아래 적힌 지명은 에펠탑 빼곤 죄다 낯설었다. 지명이 아닌 사람 이름이 적힌 사진도 있었다. 10대로 보이는 동양인 아이와 찍은 사진 아래에는 '스테판과 함께'라고 적혀 있었다. 머리를 어깨까지 기른 사진 속 허구는 자유롭게 젊음을 즐기고 있었다. 술집인 듯한 곳에서 피부색과 머리 색이 다른 또래 젊은이들과 어울려 맥주잔을 높이 쳐든 허구를 보자 상만은 부럽다 못해 슬픈 감정이 피어올랐다. 자신과는 너무 다른, 낭만과 여유가 넘치는 삶이었다.

4

상만은 주말마다 거의 허구네 집에 가서 시간을 보냈다. 허구는 정말로 여행사에 취직해서 주말에도 집에 없을 때가 많았다. 상만은 전처럼 신세만 지는 게 아니라 집안일을 찾아서 했다. 제천에서와 달리 관리인 아저씨도, 집안일을 해 주는 아주머니도 없었다. 연로해진 부모님이 망가진 것들을 손보지 못한 채 살고 있는 모습이 속상했다. 상만은 삐걱거리는 방문 경첩에 식용유 칠을 해서 부드럽게 만들고 고장 난 인터폰을 고치고 껌뻑대는 대문 등도 갈았다. 잡동사니로 엉망인 지하실도 몇 번에 나눠 치웠다.

상만은 혹시 경제 사정이 아주 나빠진 건 아닌지, 허구가 그래서 직장에 나가야만 하는 게 아닌지 걱정스러웠다. 허구에게 넌

지시 물었더니 건물 임대 수입이 있어 생활에 지장 없다는 대답이 돌아왔다.

"상만이는 예나 지금이나 어쩌면 이렇게 곰살스러운지. 쉬는 날 일해서 어째."

어머니는 상만이 아주 작은 일을 해도 고마워하고 또 미안해했다. 그리고 미숫가루를 타 와 상만에게 건네곤 허구에게 하듯 다 마실 때까지 정이 넘치는 눈길로 바라보았다. 상만은 허구가 아니라 자신이 노부부의 아들인 것 같았다.

상만은 허구 아버지와 함께 목욕도 갔다. 아버지는 허구가 중학생 때부터 함께 목욕을 간 적이 없다고 했다. 아들에 대한 서운함을 내비쳤지만 허구는 들은 척도 하지 않았다. 예전처럼 티 나게 퉁명을 떨지는 않아도 부모님을 대하는 허구의 근본적인 태도는 달라진 게 없었다. 여전히 허구는 태양처럼 군림하고 있었고 어머니와 아버지는 행성처럼 아들 주위를 맴돌았다.

"다음 일요일에 제가 모시고 갈게요, 아버지."

상만이 말했다. 어린 시절, 엄마와 함께 여탕에 가야 했던 상만은 아버지와 목욕 가는 아이가 가장 부러웠다. 여덟 살 때 엄마와 여탕에 갔다 반 아이를 만난 적이 있었다. 상만은 엄마에게 버림받을까 봐 말을 잘 듣는 편이었지만 또 여탕에 가자는 말만은 절대 듣지 않았다. 그다음부터 엄마는 상만을 때 미는 값과 함께 혼자 남탕에 들여보냈다. 상만처럼 어린 아이가 혼자 목욕탕에 오는 경우는 거의 없었다. 상만은 아저씨가 너무 아프게 때를 미는 것도 싫었고, 이것저것 자꾸 묻는 건 더 싫었다. 어린 상만의 눈엔 아빠와 함께 온 아이들만 보였다. 이제 상만의 휴일 일과에는 허구 아버지와 목욕 가는 일이 추가됐다.

상만은 허구가 외국 출장을 가면 아예 그의 집으로 옮겨 가서 아들 노릇을 했다. 상만은 자신이 대용품임을 잘 알았다. 허구는 상만을 중간에 세워 부모의 관심이나 아들의 의무를 덜고자 했고, 부모님은 아들에 대한 아쉬움을 상만으로 달래고자 했다. 상만은 모두에게 좋은 그 역할에 아무 불만이 없었다. 아니, 너무 좋아 영원히 놓치고 싶지 않았다. 아침이면 어머니가 차려 준 식탁에서 맛난 아침을 먹고, 어머니가 빨아서 다려 준 옷을 입고 출근했다. 회사에서 돌아오면 아버지와 반주를 곁들인 저녁을 먹었다.

아버지는 상만에게, 허구와는 하지 않는 일 이야기도 했다. 허구는 아버지의 부동산 관련 사업이 그리 떳떳한 일이 아니라고 했었다. 직접 들은 건지, 노트에서 본 건지 아리송했지만 분명히 그랬다. 이제는 사업에서 손을 뗐다고 들었는데 아버지는 경매니 재개발이니 부동산에 관한 이야기들을 했다. IMF 여파로 경매 부동산들이 쏟아져 나오고 있다며 상만에게 아파트 장만을 권했다.

"낙찰받으면 세를 줘서 대출금 갚으면 된다이. 두고 봐라. 나중에 반드시 값이 천정부지로 뛸 거이야."

상만은 자기 인생은 횡재나 운 같은 것과는 아무 인연이 없다고 생각했다. 아버지와 금전적으로 얽혀 혹시라도 좋은 관계에 문제가 될 빌미도 만들고 싶지 않았다. 더구나 상만은 지난주 일요일, 아버지가 전화로 누군가에게 협박당하는 것을 들었다. 허구 침대에서 낮잠을 자다 깼을 때였다. 열린 창문으로 아버지 목소리가 들려왔다.

"알았다고 하지 않간. 임자를 알아보고 있는 중이니까니 좀 기다리라."

뭔가 사정하는 듯한 게 평소 아버지의 모습이 아니었다. 잠이 확 달아난 상만은 침대에서 일어나 창가로 다가갔다.

"제천 뜰 때도 얼마나 손해 봤는지 안? 쥐도 궁지에 몰리면 고양이를 무는 법이니까니 조용히 기다리라. 누누이 얘기하지만 누구라도 알았다간 여러 사람 초상 치를 줄 알라. 그땐 김 실장도 무사하지 못할 거이야. 돈이 마련되면 연락하갔어."

통화가 끝나고 열린 창틈으로 담배 냄새가 새어 들어왔다. 방 아래 있는 지하실 환기창에서 올라오는 거였다. 아버지 목소리도 그곳을 통해 들려온 것이다. 지하실에서 통화한 것을 보면 비밀인 게 분명했다.

김 실장은 누구일까? 무슨 일로 협박당하는 걸까? 혹시 허구 모르게 떳떳지 못한 사업을 계속하고 있는 걸까? 상만은 처음엔 허구에게 알려야 한다고 생각했다. 하지만 누구라도 알았다간 여러 사람 초상 치를 거라는 말이 상만의 입을 막았다. 누구라도의 누구는 허구나 어머니일 것이다.

5

8월로 접어들었다. 9월 중순은 어머니 칠순이었다. 허구는 부모님들이 더 늙기 전에 해외여행을 보내 드리고 싶어 했다. 효도 여행 팁을 인솔해 다니니 부모님 생각이 나는 모양이었다.

"좋은 생각이다."

상만도 적극 찬성했다.

"니 오마니 비행기 한번 태워 줘야갔으니 갈 만한 데 알아보라."

아버지가 허구 마음을 들여다본 것처럼 말했다. 허구는 본격적으로 알아보기 시작했다.

"유럽은 일정이 빡세서 젊은 사람들도 힘들어. 동남아는 너무 덥고."

허구는 여행 상품 카탈로그를 한 무더기 가져왔다. 아는 게 없지만 상만은 카탈로그를 세세히 살펴보며 허구에게 의견을 말했다.

"신경 써 줘서 고맙다."

상만은 그 인사가 서운하게 들릴 만큼 허구네 가족에게 밀착돼 있었다. 의논 끝에 따뜻하고 풍광이 멋진 뉴질랜드로 정해졌다.

부모님은 여권을 만들고, 가방을 사는 등 여행 준비를 했다. 부모님이 떠나기 전날 상만은 허구네 집으로 갔다. 온 식구가 함께 저녁을 먹기로 돼 있었다.

어머니는 곰국을 한 솥 끓여 놓고 밑반찬을 만드는 중이었다. 고작 일주일 집을 비우면서 만드는 음식은 한 달 치쯤 돼 보였다. 어머니는 집 비울 걱정을 하면서도 들뜬 기색을 감추지 못했다. 상만은 어머니를 도와 한 상 가득 차려 놓고 허구가 오기를 기다렸다. 그런데 퇴근해서 온 허구가 잔뜩 굳은 얼굴로 모객이 안 돼 여행이 취소됐다고 했다.

"뭐? 하루 전에 취소되는 게 어딨어?"

상만이 어이없어하자 허구는 약관에 나와 있다고 짜증스레 말했다. 상만은 자신도 이렇게 허탈한데 부모님 마음이 어떨까 싶어 입을 다물었다. 어머니가 실망스러운 표정을 애써 감추며 말했다.

"그렇잖아도 집 오래 비우는 거 걸렸는데 잘됐다. 우리가 취소한 거 아니니까 돈 다 도로 돌려받을 수 있는 거지?"

"그건 걱정 마셔. 대신 생신 날 근사한 데 가서 저녁 먹읍시다."

허구의 말에 잠자코 무언가를 생각하던 아버지가 입을 열었다.

"IMF 통에 해외여행 가갔다는 사람이 없갔지. 이왕 가기로 했으니 내래 예정대로 내일 오마니하고 떠나갔다. 우리나라도 좋은 데 많으니까니 여기저기 돌아다니다 오갔어."

"그게 좋겠네. 그렇게 하세요. 해외여행은 다음에 보내 드릴게."

허구가 한시름 놓인 얼굴로 말했다. 상만의 마음도 한결 나아졌다.

"실컷 돌아다니다 올 테니까니 기런 줄 알라."

다음 날 아침, 아버지가 차에 오르며 말했다. 어머니는 출발하는 순간까지도 허구 걱정을 했지만 오래간만에 나들이하는 표정은 환했다.

상만은 허구네 집에서 출퇴근을 했다. 허구를 깨워 아침을 먹고 밤이면 함께 맥주를 마시며 하루를 마무리했다. 부모님이 여행을 떠난 지 나흘째 되는 날 밤, 그날도 상만은 허구와 거실에서 맥주를 마셨다. 습관처럼 켜 놓은 TV에서 뉴스가 나오고 있었다. 내년이면 밀레니엄이었지만 IMF로 인한 한국 경제는 극도로 어두운 상황이었다. 여기저기 줄도산이 이어졌고 상만네 회사나 허구네 여행사도 어렵게 고비를 넘기고 있었다. 상만은 현실은 암울한데 매체들에서 3개월이나 남은 새천년에 대해 벌써부터 호들갑을 떠는 게 못마땅했다.

"1999년 12월 31일 밤 11시 59분 59초하고, 2000년 1월 1일 새벽 0시 1초하고 대체 무슨 차이가 있어? 그런데 그 1, 2초 사이에 대단한 변화라도 있을 것처럼 떠들어 대잖아. 여기저기 죽겠다고 난린데……."

상만이 열을 올리며 한 말에 허구는 동의하지 않았다.

"글쎄? 1, 2초는 엄청난 차이야. 그 1, 2초에 운명이 바뀔 수도 있어."

"그래, 그런 경우도 있겠지. 그건 특별한 케이스고 보통은……."

말하던 상만의 눈길이 TV에 못 박혔다. 아나운서가 뉴질랜드 남섬, 크라이스트처치에서 일어난 열기구 사고 소식을 전했다. 관광객을 태운 열기구가 추락해 탑승객 전원이 사망했으며 사망자 중에는 한국인 관광객도 두 명이나 포함돼 있었다. 화면엔 불탄 열기구 잔해와 충격에 빠진 사람들 모습이 비쳤다. 상만은 캔을 떨어뜨릴 만큼 놀랐다. 머리털이 곤두서는 느낌이었다. 유가족이 현지로 출발했다는 이야기와 함께 다른 소식으로 넘어갔지만 상만은 뉴스에서 헤어나지 못했다. 사고가 난 장소는 허구 부모님이 가려고 했던 여행 일정에도 들어 있는 곳이었다.

"노친네들 분명히 돈 아낀다고 안 탈 거야. 열기구 타고 일출 보면 끝내준다던데. 내가 미리 돈 다 내놔야지."

허구가 했던 말도 생각났다.

"너, 너……."

상만은 말도 제대로 나오지 않았다.

"나, 뭐?"

허구가 상만을 보았다.

"너, 뭐 알고 못 가시게 한 거야? 모객이 안 돼서 취소됐다는 거 사실이야?"

상만은 간신히 물었다. 허구의 눈빛이 잠깐 흔들리는 것을 본 상만은 침을 꿀꺽 삼켰다. 추락하는 열기구엔 자신이 탄 것 같았다.

"어찌 됐든 노친네들 무사해서 다행 아니야? 더 마실래? 나 먼저 잔다."

허구는 자리에서 일어나 제 방으로 들어가 버렸다. 잠시 얼이 빠져 있던 상만은 걸레를 찾아 바닥에 흘린 맥주를 닦았다. 마음이 진정되지 않았다. 부모님이 뉴질랜드에 가지 않아 다행이라는 생각이 들면서도 여행이 정말 취소된 게 맞는지, 사고를 당한 관광객은 어느 여행사에서 간 것인지, 언제 출발한 것인지 확인해 보고 싶어졌다. 하지만 그만큼 알고 싶지 않기도 했다. 현실의 안정감이 깨지거나 흔들리는 일은 아무것도 하고 싶지 않았다.

상만은 마음을 가라앉히려고 애썼다. 어떻게든 부모님이 운명을 비켜났다면 그건 또 그럴 운명이었을 것이다. 상만은 갑자기 운명론자가 돼 부모님의 무사함을 감사하며 늦게까지 혼자 술을 마셨다.

다음 날 상만은 여느 때처럼 아침상을 차렸다. 어머니가 해 놓고 간 음식을 데우거나 꺼내 놓기만 하면 됐다. 허구가 화장실에서 나오길 기다리고 있는데 전화벨이 울렸다. 부모님은 아침마다 전화를 했다. 아버지는 꼬박꼬박 뉴스를 보는 분이니 뉴질랜드 사고 소식도 아실 것이다. 부모님의 전화를 그 어느 때보다 기다렸던 상만은 거실로 쫓아 나갔다.

전화를 받자 낯선 목소리가 짙은 호남 사투리로 허관 씨 집이냐고 물었다. 상만이 그렇다고 하자 아들이냐고 했다. 순간 아버지가 협박받던 게 떠올랐다. 만일 그런 전화라면 순진해 빠진 허구보다 법 공부를 했던 자신이 상대하는 게 나을 것이다.

"네, 그런데요. 누구시죠?"

상만은 만만해 뵈지 않으려고 애쓰며 물었다. 남자가 잠시 한숨을 내쉬더니 해남 경찰서라고 하면서 부모님의 사망 소식을 전했다. 해남 해안도로에서 부모님이 탄 차가 빗길에 미끄러져 가드

레일을 들이받았다. 어머니는 그 자리에서 세상을 떠나고 아버지는 병원으로 옮기던 중 사망했다. 순간 세상이 정지된 것 같았다. 그때 허구가 수건으로 머리를 털며 화장실에서 나왔다.

"도, 돌아가셨다고요, 두 분 다……?"

상만은 얼빠진 목소리로 경찰의 말을 되뇌며 허구를 바라보았다. 수건을 떨어뜨린 허구의 얼굴에서 핏기가 사라졌다.

6

상만은 허구와 함께 경찰이 알려 준 병원으로 떠났다. 택시를 타고 부모님에게 달려가고 있는 허구는 넋이 나간 것 같았다. 상만 또한 큰 충격을 받았지만 허구를 위해 마음을 다잡았다. 허구를 돌봐 주고 챙길 사람은 이제 정말 자신밖에 없었다.

상만은 장례식 치를 일이 걱정됐다. 엄마나 외할머니 장례식을 경험했지만 모두 어릴 때 일이었다.

"친척 연락처 있어? 아버지 친구분들 연락처도. 네 회사에도 알려야지? 친구들도 부르고."

상만은 상식을 총동원해 말했다.

"아니, 아무 데도 연락하지 마. 조용히 보내 드리고 싶어."

실어증에 걸린 것처럼 침묵하고 있던 허구가 간신히 짜낸 듯한 목소리로 말했다.

상만은 아버지가 협박받던 일이 또 생각났다. 아버지의 죽음이 알려지면 어떤 일이 벌어질지 몰랐다. 허구는 부모님의 죽음을 받아들이는 일만으로도 너무 힘겨워 보였다.

상만과 허구는 부모님 시신이 안치된 병원에서 장례식을 치렀다. 누가 보면 상주로 오해할 만큼 울고 또 우는 상만 곁에서 허구는 어금니를 꽉 문 채 울음을 삼켰다. 그의 눈엔 핏발이 섰고 목 줄기에 힘줄이 돋았다. 상만은 허구 모습에 자꾸 자기 모습이 겹쳐졌다. 엄마 장례식 때 상만은 울 수 없었다. 엄마의 죽음이 자신 탓인 것만 같아 두려워서였다.

허구는 뉴질랜드 여행을 취소시켜 부모님의 사고를 막았다. 취소된 건지, 취소한 건지 모르겠지만 상만은 허구가 막았다고 여겼다. 하지만 결국 부모님은 운명을 피하지 못했다. 함께 연탄가스를 맡았는데 자신은 살고 엄마는 죽은 것처럼.

허구는 화장한 부모님을 서울에서 가장 가까운 곳에 있는 납골당에 모셨다. 살아 계실 땐 늘 성가셔했지만 돌아가신 지금, 가까이 있고 싶은 허구의 마음이 느껴졌다. 유골함 옆에 가족사진이 놓였다. 허구의 대학교 졸업식 때 찍은 사진은 안방 문갑 위에 있던 것이었다. 학사모를 쓰고 가운을 입은 허구 양옆에 선 부모님을 보자 상만은 또 눈물이 쏟아졌다. 다시 엄마 생각이 났다.

아들의 국민학교 졸업도 못 보고 죽은 엄마.

상만의 엄마 유골함은 외가 선산 한 귀퉁이 밤나무 아래 묻혔다. 외가 쪽 집안 어른이 출가외인 묘는 못 쓴다고 반대했기 때문이다. 유분을 산이나 강에 뿌리는 것은 할머니가 반대했다. 아버지도 없는 상만에게 어미 산소마저 없으면 너무 가혹하다는 이유였다. 멀리 있는 공동묘지에 안장하는 것은 외삼촌이 반대했다.

"아직 어린 애가 어떻게 찾아다니겠어요. 가까이 있어야 생각날 때 가 보지요."

그때 상만은 엄마의 장례 절차를 남 일인 양 멀뚱거리며 바라보았을 뿐이다.

"상만아, 크거들랑 니 어미 묘 제대로 써야 한다."

외할머니가 상만의 손을 잡고 말했다. 하지만 상만은 지금까지 엄마를 제대로 모시기는커녕 자주 찾지도 못했다.

부모님이 없는 집은 무덤 속처럼 어둡고 서늘했다. 허구는 유령 같았다. 한밤중 상만은 옆방에서 들려오는 친구의 오열 소리에 깼다. 주먹으로 벽을 퍽퍽 치는 소리도 났다. 상만은 모르는 척했다. 너무 큰 슬픔은 섣불리 나눌 수 없기에. 대신 밥을 차리고 허구를 끌어다 식탁 앞에 앉혔다. 어머니가 잔뜩 해 둔 음식을 먹을 때 상만은 목이 멨다. 허구 역시 허깨비 같은 얼굴로 음식을 씹었다.

삼우제를 지내고 온 날 상만은 조심스레 말을 꺼냈다.

"이런 이야기 하기 좀 그렇지만 사망신고도 하고, 보험 같은 거 드신 거 있나 알아봐야 하지 않아? 상속 문제도 있을 테고. 너 혹시 김 실장이란 사람 알아?"

상만은 아버지가 전화로 협박받았던 일을 그제야 털어놓았다. 그때 바로 알리지 못한 이유도 설명했다. 허구는 놀랄 기력도 없는지 덤덤했고 김 실장을 아는지 모르는지, 대답하지 않았다.

"무슨 일인지 몰라도 재산 지키려면 상속 절차를 서두르는 게 좋을 거야. 변호사하고 상담해 보든지. 일단 상황 파악을 해야 하니까 서류들을 찾아봐."

상만의 채근에 허구는 문갑을 열었다. 바로 상자가 보였다. 허구가 첫 출장 갔다 어머니에게 사다 준 쿠키 상자였다. 상만은 어머니가 과자도 맛있지만 상자가 예쁘고 튼튼해서 다른 물건들을 넣어 두면 좋겠다고 했던 게 기억났다. 상만이 머뭇거리는 허구 대신 상자를 열었다. 그 안엔 여러 개의 서류 봉투가 차곡차곡 담겨 있었다. 건물 등기부 등본, 통장, 보험증서로 분류된 봉투들이었다.

상만은 보험증서부터 살펴보았다. 부모님 앞으로 든 보험이 꽤 여러 개가 됐다. 보험금 액수를 살펴보던 상만의 눈이 휘둥그레졌다. 0이 몇 개인지 손가락셈을 해 봐야 할 만큼 큰 액수였다. 그

뿐 아니라 집과 건물들, 허구 이름으로 분양받은 아파트까지 있었다. 평생 놀고먹어도 남을 재산이었다.

산 자와 죽은 자

1

상만에게 잠시 머물렀던 허구의 눈은 허공을 향했다. 그러곤 그곳에 무언가 있는 것처럼 한 바퀴 둘러보았다. 허구의 눈꺼풀은 마침내 졸음이 쏟아지는 아이의 눈처럼 무겁게 닫혔고 깊게 들이마셨던 숨도 더는 내쉬지 않았다. 동시에 그가 살아 있음을 증명하던 모니터의 숫자와 그래프들이 멈췄다.

밴드에 이제 막 초대장을 올렸으니 조문객이 오기까지는 시간이 있었다. 장례식장 건물을 나온 상만은 담배를 꺼내며 주위를 둘러보았다. 더 짙어진 미세먼지가 세상의 경계를 모호하게 만들고 있었다. 자연과 구조물, 구조물과 사람, 사람과 자연, 낮과 밤, 삶과 죽음의 구분이 뚜렷하지 않았다. 허구의 육신이 마지막 머무는 날 풍경으로 썩 잘 어울렸다. 상만은 움직이고, 생각하고, 말하면서도 현실감이 느껴지지 않았다. 허구를 다시 만나고부터 그는 현재와 과거 사이, 알 수 없는 시공간에서 헤매는 느낌이었다.

상만은 아내에게 옷을 갈아입으러 집에 들어가겠다고 문자했다. 상조 회사에서 준비한 상복이 있었지만 잠시라도 허구의 세계에서 벗어나고 싶었다. 안 그러면 영원히 그 안에 갇힐 것만 같았다. 문자 옆 숫자가 사라졌지만 이번에도 아내는 답이 없었다.

상만이 집에 도착하자 쿠키가 펄쩍펄쩍 뛰며 맴돌았다. 반려동물은 상만이 그리는 행복한 가정의 필수 조건이었다. 상만은 쿠키를 안으며 소파에 앉아 있는 성희를 슬쩍 보았다. 아이들은 아직 학교에 있을 시간이었다. 상만에게 눈길도 주지 않는 성희는 냉랭하기 그지없었다. 아내의 시간은 지난 일요일 밤, 상만이 허구 핑계로 집을 빠져나가던 그 순간에 멈춰 있는 듯했다. 상만은 방에 가서 검은 양복을 찾아 입었다. 내일이면 모든 장례 절차가 끝난다.

상만은 거실로 나갔다. 차라도 한잔 마시자고 해야지 하는데 성희가 벌떡 일어서며 서류 봉투를 내밀었다. 그것을 본 상만의 얼굴이 하얘졌다. 아내가 봉투를 흔들며 물었다.

"이게 뭐야?"

엄마를 모신 납골당 계약서였다. 책상 서랍 깊숙한 곳에 들어 있던 것이다.

"왜 남의 물건에 손대고 그래?"

상만이 성희 손에서 서류 봉투를 낚아챘다.

"남의 물건? 하긴 여태 시어머니 납골당이 있는 줄도 모르고 살았는데 남이지 뭐. 친구가 죽었다는 건 진짜야? 회사고 집이고 다 팽개칠 만큼 친한 친군데 어떻게 내가 모를 수 있어? 혹시 어디 숨겨 뒀던 형제 아니야?"

성희가 화를 내는 대신 빈정거렸다. 상만은 납골당 계약서를 들킨 당황스러움에 자기도 모르게 소리 질렀다.

"무슨 헛소리를 하는 거야?"

성희가 천천히 다가왔다.

"그렇지. 내 말은 다 헛소리지. 당신한테 나는 뭐야? 아니 도대체 당신은 누구야? 어떤 사람이야?"

코앞까지 다가온 성희가 상만을 노려보았다. 떠밀리듯 한 걸음 물러선 상만은 아무런 대꾸를 하지 못했다. 허구 옆에서 헤쳐진 채 뒤죽박죽이 된 심신은 지칠 대로 지쳐 있었다. 상만은 한숨을 내쉬었다.

"이혼해."

아내의 싸늘한 한마디가 가슴 위에 털썩 떨어졌다. 상만은 그

말의 무게에 움찔했다. 오랫동안 품고 다져 온 생각의 무게였다.

"지금 정신없으니까 나중에 얘기해."

상만은 도망치듯 대꾸하고 집을 나왔다. 등 뒤에서 쾅 소리를 내며 닫힌 현관문은 다시 열리지 않을 것 같았다.

상만은 장례식장 입구에서 택시를 내렸다. 건물 주위를 오가는 사람들이 망령 같아 보였다. 상만은 자신도 망령이 돼 저승 입구에 선 느낌이었다. 하지만 카페, 안내 데스크, 현금 인출기가 있는 장례식장은 살아 있는 사람들의 공간이었다. 상만 또한 산 사람이었다. 그는 어금니를 물었다. 허구가 원하는 대로 장례를 치러 줄 것이다. 그다음 풀려나온 기억들을 거두어 허구와 함께 더 깊은 곳에 처넣고 아예 밀봉해 버릴 것이다. 엄마 납골당 이야기만 잘 넘기면 다시 전으로 돌아갈 수 있다. 반석 위에 세운 행복한 가정.

상만은 로비에서 빈소 안내판을 살폈다. 유족만 보아도 고인의 생애가 어떠했는지 유추할 수 있다. 사람들은 유가족란에 아무 상관 없어 보이는 이름 하나 달랑 적힌 허구의 생애를 어떻게 상상할까.

상만은 장례식장이 있는 지하로 발걸음을 옮겼다. 허구의 빈소는 가장 안쪽에 있었다. 상만은 울음소리와 떠드는 소리, 불경과

찬송가와 향냄새와 국화 향기가 뒤섞인 장례식장들을 지나쳤다. 빈소마다 근조 화환이 열병식 하는 군인처럼 도열해 있었다. 그 또한 고인의 생애나 자손들의 현재를 짐작게 했다. 허구 빈소의 근조 화환은 경일 703에서 보낸 것 하나뿐이었다. 한 개뿐인 화환은 없는 것보다 더 썰렁하고 초라해 보였다. 상만은 이런 장례식을 굳이 치르려는 허구가 이해되지 않았다. 하긴 전에도 허구가 이해됐던 적은 거의 없었다.

상만이 빈소로 들어서자 접수부에 앉아서 핸드폰을 들여다보고 있던 상조 회사 직원이 벌떡 일어났다. 접수부 책상 위엔 '부의금은 정중히 거절합니다'란 안내문과 방명록이 놓여 있었다. 장례식 절차는 상조 회사가 진행하는 중이다. 허구 말대로 변호사가 모든 일을 알아서 처리해 상만은 조문객 맞는 것 외에 신경 쓸 일이 없었다.

"조문객은 아직 없죠?"

상만은 상조 회사 직원에게 앉으라고 손짓하며 물었다.

"한 분 오셨는데요."

직원이 분향소를 가리켰다. 상주 없는 분향소에 앉아 있는 남자의 뒷모습이 보였다. 밴드에 부고를 올린 지 두 시간도 안 됐는데 벌써 문상객이 오다니. 허구의 장례식에 득달같이 달려온 친구가 누군지 궁금했다. 상만이 다가가자 자리에서 일어선 남자는 검게 그을고 순박해 보이는 인상이었다. 당연히 고등학교 친구일 텐데, 상만은 전혀 기억나지 않았다.

"누구……지? 나 지상만인데."

알아보지 못하는 것을 미안해하는 상만에게 남자가 머뭇대다 말했다.

"저…… 동생입니다."

"네? 누구 동생이요?"

상만은 어리둥절해졌다.

"허구 씨 동생……, 이용수입니다."

"예?"

상만이 충격에 멍해 있는 사이 남자는 꾸벅 인사하곤 분향소를 나갔다. 불현듯 떠오르는 생각에 상만은 허둥지둥 허구 동생이라는 자를 쫓아 나갔다. 로비와 장례식장 건물 밖까지 살폈으나 보이지 않았다. 상만은 화단 경계석에 주저앉아 담배를 꺼내 들었다.

2

허구 부모님의 삼우제를 치르고 처음 맞는 일요일, 상만은 허구와 함께 집 안 정리를 했다. 상만이 마당을 치우고 있는데 대문을 밀며 웬 할머니가 고개를 들이밀었다.

"누구세요?"

상만이 묻자 할머니가 되물었다.

"여기가 허관 씨 집 맞아요?"

"네, 그런데요."

상만의 대답이 끝나기가 무섭게 대문이 벌컥 열리며 세 사람이 우르르 집 안으로 들어왔다. 꽃무늬 스카프를 한 할머니와 모자를 쓴 중년 여자, 그리고 점퍼를 입은 남자였다.

"맞게 찾아왔네."

세 사람은 마당에 서서 집 안을 휘휘 둘러보았다. 그러곤 어리둥절해서 바라보고 서 있는 상만에게 물었다.

"네가 아들이냐?"

상만이 아니라고 할 새도 없이 할머니가 아이고, 아이고 곡소리를 내며 계단에 주저앉았다.

"왜 이러십니까? 무슨 일이세요?"

상만은 당황해 물었다. 소란스러운 기척에 방에서 부모님 물건을 정리하던 허구가 나왔다. 그와 눈이 마주친 상만은 어깨를 들썩해 보였다.

"아이고, 언니 죽은 걸 이제 알다니. 세상에 어떻게 이런 일이 있어, 아이고."

할머니가 손바닥으로 계단 바닥을 두드렸다. 상만은 빗자루를 든 채 멀거니 서 있었다. 허구 어머니가 언니라면 할머니는 허구의 이모인 셈이었다.

"아들이 둘일 리 없는데. 누가 우리 이모 아들이지?"

아주머니가 허구와 상만을 번갈아 보며 말했다. 아주머니와 눈이 마주쳤을 때 상만은 자기도 모르게 고개를 저었다.

"네가 구냐?"

아주머니가 허구에게 물었다. 이름을 아는 걸 보니 친척이 맞는 모양이었다. 허구는 얼떨떨한 얼굴로 그렇다고 했다.

"동생, 우리는 동생 외가 식구들이야. 이분은 동생 이모님이고 우리는 이종사촌들이야. 혼자 큰일 치르느라고 고생 많았지?"

남자 말에 허구가 굳은 얼굴로 상만에게 말했다.

"가게 가서 음료수 좀 사다 줄래?"

냉장고에 주스도 있고, 찬장에 차 종류도 있었지만 상만은 잠자코 집을 나섰다. 상만이 자리를 비켜 주길 바라는 것 같아서였다. 자기도 잘 모르는 가정사를 친구에게 보이고 싶지 않은 게 당연했다.

상만은 허구한테 친척 이야기를 들은 적이 없었다. 아버지가 6·25 때 혈혈단신 혼자 피난 온 실향민이라 일가친척이 없다는 것만 알았다. 상만은 갑작스레 나타난 허구의 친척들이 의심스러웠다. 엄마 장례식에도 빚쟁이가 왔었고 알량한 보증금마저 그들 손에 넘어갔다.

슈퍼에서 음료수를 산 상만은 부리나케 집으로 돌아왔다. 사람들은 안으로 들어갔는지 보이지 않았다. 계단을 올라가 현관문을 열려던 상만은 안에서 들려 나오는 고성에 멈칫했다. 들어가야 할지 집안싸움에서 빠져 줘야 할지 판단이 서지 않았다.

"그런 걸 왜 못 물어? 우리 언니하고 나는 피가 섞인 자매야. 나하고 너하고 누가 더 가까울 거 같아!"

무슨 말인지 이해되지 않았다. 사촌이라는 남자의 목소리가 이어 들려왔다.

"엄마, 좀 진정해요. 동생, 우리 어머니가 언니하고 떨어져 산 세월이 한스러워서 이러는 거니까 이해해. 이모님 돌아가신 것도 우리 어머니가 소식을 하도 궁금해하셔서 찾아보다 알게 된 거야. 내가 동사무소에 근무하거든. 우린 아직 어린 동생이 걱정돼서 온 거야. 나쁜 사람들이 꼬여 들 수 있어."

상만은 갑자기 등장한 그들의 속셈이 뻔히 보였다. 경제관념이라곤 없는 허구가 그들을 덥석 믿을까 봐 걱정됐다. 쫓아 들어가 어떻게든 저지해야 한다고 생각하는 순간 허구의 목소리가 들려왔다.

"걱정해 주시는 건 고맙지만 저도 이제 다 컸으니 염려하지 않으셔도 돼요. 아버지 아들인데 그렇게 세상물정 모르지 않습니다."

상만은 허구의 단호한 대처에 마음이 놓이면서도 친구에게 그런 면이 있다는 사실에 놀랐다.

"아버지 아들? 어째서 네가 우리 형부 아들이야. 내가 왜 그동안 언니를 못 보고 살았는데. 왜 그랬는데? 다 너 때문이야. 피 한 방울 안 섞인 널 친자식처럼 키우려고 우리하고도 의절한 거라고. 데려다 키운 걸 너나 남들이 알까 봐서!"

이모라는 할머니가 악을 썼다. 손잡이를 잡았던 상만의 손이 툭 떨어졌다. 그들은 허구가 피 한 방울 안 섞인 데려다 키운 애라고 말하고 있었다. 평행 세계 속 K라면 몰라도 허구가 입양아라니. 상만은 지금 자신이 허구의 다른 세계 속에 와 있는 것 같았다.

"그래도 우리는 동생을 이모님 친아들이나 마찬가지라고 생각하고 있어. 그러니 동생도 우리를 믿고……."

허구 목소리는 들려오지 않았다. 저 사람들 이야기가 사실일까? 허구는 알고 있었을까? 그래서 부모님한테 그렇게 못되게 굴었던 걸까? 아니지, 그럼 더 잘해야 하는 것 아닌가? 상만은 휘몰아치는 생각들로 어지러울 지경이었고, 마치 자기 출생의 비밀을 안 것처럼 다리 힘이 풀렸다.

상만은 음료수 봉지를 현관문 앞에 내려놓고 회사 숙소로 돌아왔다. 그리고 허구가 먼저 연락해 오길 기다렸다. 하지만 허구는 상만을 찾는 게 아니라 아예 종적을 감추었다. 기다리다 못해 2주쯤 뒤 그의 집을 찾아갔을 때 낯선 사람들과 이삿짐 들어가는 모습이 보였다. 상만은 서운함과 허전함, 배신감으로 뒤범벅이 된 가슴을 안고 돌아섰다.

등기 우편물을 받은 것은 얼마 뒤였다. 상만 명의로 된 아파트 등기부 등본이었다. 지난 일이 생각났다. 상만이 경매로 아파트 사는 것을 마다하자 허구 아버지가 말했다.

"그럼 명의나 빌리자. 재미 보믄 섭섭지 않게 해 줄 거이니."

상만은 가족처럼 지내면서 그것마저 거절하기 어려워 아버지에게 서류를 해 주었다. 상만 이름으로 된 아파트 등기부 등본은 그 결과물이었다. 그런데 아버지는 세상에 없다. 상속자인 아들도 사라졌다.

상만은 서류를 다시 보았다. 은행 대출을 낀 24평짜리 아파트는 강남에 있었다. 어떤 과정을 거쳤든 서류상 소유자는 지상만이었다. 난생처음 자기 명의로 된 문서에 상만의 심장이 폭발할 듯 뛰기 시작했다. 강렬한 욕심이 두려워진 상만은 "이건 허구 거야. 허구가 나타나면 돌려줄 거야." 하고 소리 내 말했다. 허구 집에 나타났던 친척들, 경멸해 마지않았던 그 사람들처럼 될 순 없었다.

상만은 책상 서랍에 봉투를 넣고 열쇠로 잠그며 허구가 나타나기 전에는 열지 않겠다고 다짐했다. 하지만 그날 밤 자려고 누웠던 상만은 일어나 서랍을 열고 서류 속 이름을 다시 확인해 보았다.

시간이 지날수록 머리와 가슴이 따로 움직였다.

'허구가 오면 돌려줄 거야.'

그 말은 돌려주기 싫다는 말의 동의어였다.

상만은 밤마다 돌려주지 않아도 되는 이유를 찾았다. 아무래도 허구 아버지가 자신에게 깜짝 선물을 해 준 것 같았다. 마지막 몇 달 동안 진짜 아들 노릇을 한 사람은 허구가 아니라 자신이었다. 따지고 보면 허구도 친자식이 아니면서 그 많은 유산을 받았다. 그에 비하면 대출금이 낀 아파트는 하잘것없어 보였다. 상만 이름으로 받은 대출이니 자신이 갚아야 했다. 허구가 소유를 주장하면 그때 아버지가 들인 원금을 돌려주면 된다. 시간이 지날수록 상만은 친구가 나타나지 않기를 바랐다.

3

허구가 상만의 회사로 소식을 전해 온 건 1년여 뒤였다. 외국 소인이 찍힌 엽서를 받은 상만은 허구가 한국에 없다는 사실에 안도했다. 그는 온 세상을 돌아다니며 살고 있었다. 양부모로부터 물려받은 유산으로 꿈꾸던 여행을 실컷 하는 모양이었다.

아파트에 관한 것은 모르고 있는 게 분명했다. 설령 알더라도 제천에서 새 참고서와 책상을 선선히 내주었던 것처럼 그냥 가지라고 할 것 같았다. 그렇더라도 허구가 알면 계속 신세 진 기분으로 살아야 할 것이다. 상만은 엽서에 허구의 정확한 주소가 적혀 있지 않아 답장할 수 없음을 다행으로 생각했다.

2년쯤 뒤 사세가 확장된 회사는 강남으로 이전했다. 사교육 시장은 미래가 밝았다. 사장의 신임을 얻은 상만에겐 좀 더 비중 있는 자리가 주어졌다. 회사가 이사하면서 살 집을 구해야 했던 상만은 세입자를 내보내고 아파트로 들어갔다.

이사 첫날, 상만은 새로 생긴 영토에 발을 디딘 군주 같은 심정이 됐다. 할 수만 있다면 이름 적힌 깃발이라도 내걸고 싶었다. 허구 생각은 아주 잠깐 스쳐 갔을 뿐이었다. 상만은 자축하는 의미로 집 안의 불을 모두 켰다. 거실과 방들은 물론 앞뒤 베란다 불까지 환히 밝혔다.

집이 생기자 가장 먼저 엄마가 생각났다. 상만의 나이는 엄마가 세상을 떠나던 때와 같았다. 엄마는 공동 화장실을 쓰는 한 칸짜리 방에서 다달이 월세 걱정을 하다 생을 마감했다. 상만은 엄마 영혼이라도 불러내 아들 명의로 된 집을 보여 주고 싶었다. 단 하루만이라도 따뜻한 욕조에서 목욕하고 침대에서 편히 자게 해 주고 싶었다.

그 무렵 상만은 신문에서 또 문호의 소식을 보았다. 공무원 문예 공모전에서 뽑혀 국무총리상을 받는다는 기사였다. 신문을 구석구석 보는 습관이 아니었으면 발견하지 못했을 단신이었다. 9급 지방공무원인 문호는 제천 외곽 면사무소에서 근무 중이었다. 대학교 때와 달리 상만은 코웃음을 쳤다. 누가 알아주지도 않을 공무원 문예라니. 강남 한복판이 삶의 터전이 된 상만은 낮에는 시골 면사무소에서 일하고 밤에 한 글자, 한 글자 원고지 칸을 메꾸는 문호의 삶이 한없이 시시하고 초라해 보였다.

집이 생기자 상만은 결혼하고 싶어졌다. 때마침 상만에게 호감을 보이는 사람이 있었다. 거래한 지 오래된 종이 회사에 근무하는 성희였다. 상만도 성희의 무던하면서도 맺고 끊는 게 분명한 면이 좋았다. 제천의 허구네 집은 상만이 꿈꾸는 행복한 가정의 모습이었다. 상만도 성희와 그런 가정을 꾸리고 싶었다. 하지만 호감만 가지고 결혼이 성사되는 것도 아닐 뿐더러 결혼하기 위해선 현실적으로 넘어야 할 산이 많을 터였다. 그것들은 결코 물질로 대체할 수 없는 것들이었다.

상만은 군대를 제대한 뒤 처음으로 외삼촌에게 연락했다. 상만이 결혼한다면 혼주석에 앉아 줄 유일한 피붙이였다. 외삼촌은 서운한 게 많았을 텐데도 죽은 조카가 살아온 양 반가워했다. 마침 외사촌 형 결혼식이 얼마 안 남았다고 했다. 상만은 죄송한 마음을 넉넉한 축의금에 담았다. 양복을 차려입고 회사 차를 운전해 제천 예식장에 갔다. 남들이 어떻게 생각하든 상만으로서는 금의환향 길이었다.

잔치에 찾아간 손님인 만큼 외가 식구들은 상만을 반겼다. 상만은 외사촌 누나들에게 매형들을 소개받고 조카들과 장난치며 노는 동안 여러 번 콧날이 시큰해졌다. 언젠가 결혼할 사람과 와도 이렇게 반겨 주겠지. 상만은 오래간만에 가족의 따뜻함과 든

든함을 느꼈다. 식당에서도 상만은 단연 화제의 주인공이 돼 외가 친척들과 동네 사람들이 모여 앉은 상으로 불려 다녔다. 개중에는 동창 부모들도 있었다. 세월만큼 주름이 는 어른들은 상만의 손을 잡고, 등을 두드리며 한마디씩 했다.

"잘 왔다. 판검사 될 거라고 니 외삼촌이 얼마나 자랑하고 다녔는지 아냐. 고생해서 뒷바라지했는데 그렇게 소식 끊고 살면 안 되지."

"아이고, 지 키만 한 쌀자루 싣고 배달 다니던 게 엊그제 같은데 훤해졌네. 앞으론 자주 내려와."

"내가 니 엄마하고 젤 친한 친구였어. 경순이가 지금 살아 있으면 얼마나 좋을까. 결혼할 때 꼭 연락햐."

"언제까지 엄마 성을 쓸 거여. 장가들기 전엔 제 성씨를 찾아야지."

"자리 잡았으면 이제 니 어미도 제대로 모셔야지 않겄어."

상만의 얼굴은 점점 굳어져 갔다. 상처를 들추는 그 말들은 제천 살 때도 숱하게 듣던 이야기들이었다. 시간이 지나거나 성공하면 지울 수 있을 줄 알았는데 아니었다. 세월에 잠시 묻히거나 덮였을 뿐 여전히 견고했다. 설령 판검사가 됐다고 해도 미혼모의 자식, 고아, 더부살이, 배달꾼, 쫌생이와 똘마니였던 과거는 사라지지 않았을 것이다.

제천에서 돌아오며 상만은 결심했다. 새로운 삶에 결코 과거의 그림자를 끌어들이지 않겠다고. 결혼할 땐 절대 제천 사람들을 부르지 않겠다고. 예식장에서, 식당에서, 화장실에서 그들이 조심성 없이 꺼내 놓을 이야기를 처가나 회사 사람들이 듣는다고 생각하면 끔찍했다. 결혼할 사람은 물론 미래의 자식에게는 더더욱 알리고 싶지 않았다. 자신이 아니라 그들을 위해서였다. 누추한 과거의 흔적을 꼬리표로 달고 살아온 건 자신 하나로 족했다.

주위 사람들의 부추김에 힘입어 상만은 성희에게 데이트 신청을 했다. 첫 데이트에서 상만은 자신이 엄마 성을 물려받았음을 밝혔다. 부모가 혼인신고할 사이도 없이 아버지가 돌아가신 탓에 그렇게 됐다고 둘러댔다. 그 정도 거짓말은 어쩔 수 없다고 생각했다. 상만에게 이미 호감을 갖고 있던 성희는 솔직함에 감동받았고 그를 깊이 신뢰하게 됐다. 그들은 긴 기간은 아니었지만 여느 연인들처럼 연애를 했다.

결혼 말이 오갈 때 성희는 고아임을 탐탁해하지 않는 장인에게 맞서 가출까지 감행했다. 성희의 용기가 아니었으면 상만은 처가의 반대를 이겨 내지 못했을 것이다. 상만은 외삼촌 대신 사장 부부에게 혼주 역할을 부탁했다. 결혼하고 나자 장인, 장모는 상만을 아들처럼 대해 주었고, 성희도 걸리적거리는 시집이 없는 것을 은근히 좋아했다.

결혼하고 얼마 뒤 외삼촌으로부터 연락이 왔다. 선산 땅이 도로 부지로 들어가게 돼 이장을 해야 한다고 했다. 이미 유분을 강물에 뿌려 부모님 무덤이 없다고 한 터라 성희에게는 말할 수 없었다. 상만은 아내 모르게 엄마 유골함을 납골당으로 옮겼다. 영구 안치는 금액이 꽤 비쌌지만 상만은 무리를 해서 그 조건으로 계약했다. 죽어서도 더부살이하던 어머니에게 영원한 안식처를 마련해 준 것 같아 마음이 편해졌다.

곳곳에 상처가 화석처럼 박혀 있는 제천을 지운 뒤 상만은 인생의 새로운 지층을 쌓기 시작했다. 결혼 생활은 순조롭게 흘러갔다. 비로소 정상적인 삶의 궤도에 올라탄 느낌이었다. 상만의 행복감은 첫 아들이 태어났을 때 절정에 올랐다. 상만은 처자식이 안락하게 사는 모습에서 능력 있는 가장이 됐다는 자부심을 느꼈다. 하지만 문득문득 모래 위에 지은 집에 앉아 있는 것처럼 불안함이 엄습해 왔다. 누군가 불시에 찾아와 집을 허물고 행복을 빼앗아 갈 것 같았다. 흥청망청 유산을 탕진한 허구가 찾아와 집을 내놓으라고 하는 꿈을 꾸다 소스라쳐 깨어나기도 했다.

허구로부터 두 번째 소식이 날아온 건 그 무렵이었다. 이번엔 남미 어디쯤에서였다. 그 뒤로도 허구는 아주 가끔 자기 안부를 전해 왔다. 사막, 극지, 밀림……. 차츰 허구가 여행한다는 느낌보다 떠돌거나 헤매고 있다는 생각이 들었다. 그것 또한 매이기 싫어하는 그가 원하는 삶일 터였다. 편도인 화성 이주자 모집에 신청해 놓았다는 소식을 들었을 때는 헛웃음밖에 안 나왔다.

평수를 넓히며 몇 차례 이사하는 동안 아파트에 갖고 있던 상만의 불안함은 점점 희미해져 갔다. 상만이 한 가정의 남편과 아빠로 산 세월은 어디를 펼쳐 봐도 당당했다. 그는 두텁고 단단하게 다져진 삶의 지층이 자신과 가정을 든든하게 떠받쳐 주고 있다고 믿어 의심치 않았다. 그런데 허구의 죽음이 단숨에 틈을 내고 그 사이로 초라하고 창피하고 아프고 슬프고 지질했던 기억이 유령처럼 새어 나와 상만을 뒤흔들었다. 서랍 깊숙이 넣어 두었던 납골당 계약서가 아내 손에 들려 있는 것도 그 탓인 것 같았다.

핸드폰 문자 음이 울렸다. 상조 회사 직원이 보내온 것이다.

-김관수 님, 안상훈 님 오셨습니다.

허구와 가장 연관 없을 것 같은 아이들이 이렇게 일찍, 제일 먼저 온 게 뜻밖이었다. 하긴 누가 와도 놀랍기는 마찬가지였다. 고등학교 졸업한 뒤 얼굴 한번 본 적 없던 친구의 부고장을 받는 기분은 어떨까. 어떤 마음으로 장례식장을 찾은 걸까.

-곽정기 님, 이수현 님, 박정환 님 오셨습니다.

연이어 조문객 이름을 알리는 문자 음이 울렸다. 빨리 오라고 상만을 재촉하는 것 같았다. 솔직히 몇이나 올까 싶었던 상만은 혼자 장례를 치를 각오까지 하고 있었다. 또 새 이름이 떴다. 30년 동안 잊고 살았는데 이름을 보는 순간 얼굴은 물론 별명이나 인물과 얽힌 일화들이 떠올랐다. 상만은 자리에서 일어났다.

4

빈소 앞에서 상만은 잠시 망설이다 핸드폰을 꺼내 근조 화환을 찍었다. 그리고 그 사진을 성희에게 보냈다. 그 아래에 장례식 끝나고 설명하겠다는 문자를 쓰다 지웠다. 엄마 납골당을 왜 숨겼는지, 아내가 납득할 수 있는 이유를 만드는 게 먼저였다. 성희가 그것 말고 또 알아낸 일이 있을까 봐 두려웠다. 비밀 그 자체보다 숨긴 사실을 들킨 게 더 괴로웠다. 상만은 일단 장례식이 끝날 때까지만이라도 그 생각을 피하고 싶었다.

접객실로 들어서자 친구들 모습이 눈에 들어왔다. 머리가 벗어지고, 하얗게 세고, 배가 나오고……. 상만이 이름에서 떠올렸던 열여덟, 열아홉 살 아이가 아니라 그 애 아버지들이 대신 온 것 같았다. 상만은 자기 혼자 열아홉 살인 것처럼 막막해져 허구가 남긴 마지막 미션 속으로 발을 디밀었다.

친구들은 상만을 보자마자 허구가 왜 전학 왔는지 궁금해하던 고등학생 때처럼 질문을 쏟아 놓았다. 그들은 허구가 젊은 나이에 왜 죽었는지, 어째서 유족이 없는지, 부모님은 어찌 되셨는지 궁금해했다. 친구의 죽음은 그들 사이에 놓여 있는 30년이란 세월을 싹둑 잘라 냈다.

"사실 나도 20년 만에 만났어."

상만은 지난주 허구로부터 연락을 받은 일, 당시 허구의 상태와 그 뒤의 일을 이야기했다. 친구들은 상만의 근황도 궁금해했다. 상만은 설명 대신 아이 키우는 사람이면 누구나 들어 봤을 학습지 회사의 명함을 돌렸다.

"어, 우리 애들도 이 학습지 했는데……."

"네가 여기 대표라고?"

하나같이 놀란 표정들로 명함과 상만을 번갈아 보았다.

"월급 사장이야. 오너 아들 경영 수업 끝나면 물러나야지. 무거운 짐 빨리 벗어던지고 싶다."

상만은 속내와 다른 이야기를 하면서 그 말이 진심이라는 듯 슬쩍 넥타이 매듭을 느슨하게 했다. 그는 대표 직함이 박힌 명함을 하루라도 더 오래 가지고 있고 싶었다. 상만은 전 사장이 갑자기 쓰러진 뒤 대표가 됐다. 평생 한 직장에 근무한 그만큼 회사 일을 잘 아는 사람은 없었다. 하지만 작년 유학 생활을 끝내고 온 사장 아들은 돌아오자마자 상무 자리를 꿰찼고 혁신을 외치며 사사건건 상만에게 딴지를 걸고 있는 중이었다.

"그래도 대단하다."

"그래. 그만하면 큰 회산데 월급 사장이 어디 쉽냐?"

상만을 보는 친구들의 눈빛이 달라졌다. 이 정도면 그들 머릿속에 있을 쫌생이와 똘마니를 지워 버릴 수 있을 것이다. 상만은 친구들과 술잔을 부딪치고도 입만 대었다 뗐다. 취해서 풀어지는 게 두려웠다.

상만에게 머물렀던 관심은 다시 망자에게로 가 그의 삶 전체에 대한 호기심으로 이어졌다. 상만은 허구가 평생 온 세상을 떠돌아다니며 살았음을 말해 주었다.

"아마 북한 빼놓고 지구상에 있는 나라는 다 가 봤을 거야. 모르지, 거기도 다녀왔는지."

그 말을 할 때 상만은 자기가 돌아다닌 것도 아니면서 왠지 자랑스러운 기분이 들었다. 허구가 생전에 화성 이주자 모집에도 신청해 놓았다고 덧붙이자 친구들은 열광했다. 상만의 입을 통해 구성된 허구의 삶은 생명체가 돼 접객실 안을 돌아다녔다. 입에서 입으로 전해지는 동안 허구는 북한은 물론 화성에도 이미 다녀온 사람이 됐다. 영정 사진이 화성에서 찍은 것 같다는 실없는 소리까지 나왔다. 얼핏 등장한 금수저라는 단어는, 금수저여서가 아니라 허구이기 때문에 가능한 삶이었다는 의견에 묻혔다. 그들은 평생 자유롭게 살다 걸리는 것 없이 홀가분하게 떠난 허구의 삶을 부러워하며 애도가 아닌 축배를 들었다.

친구들의 관심은 이내 현실로 돌아왔다. 그들은 이제 허구가 남긴 것을 궁금해했다. 유산은 얼마나 되는지, 유족이 없으면 그 재산은 누구에게 돌아가는지.

"상만이가 이렇게 상주 노릇까지 하는데 그냥 입 씻지는 않았겠지?"

"지 사장, 한밑천 받으면 한턱내라."

상만은 진심이 왜곡당한 것 같아 불쾌했다. 그러면서도 이용수가 신경 쓰였다. 이용수는 허구가 입양되기 전의 형제일 수 있다. 허구의 진짜 혈육이라면 친구들이 궁금해하는 상속자는 그가 될 것이다. 하지만 허구는 이용수를 몰랐던 게 분명했다. 알았다면 상주는 상만이 아니라 그가 됐을 것이다. 허구도 모르는 동생이 어떻게 허구의 죽음을 알고 온 걸까? 이용수는 절 한번 올리고 사라져 보이지 않았다.

일곱 시가 넘자 조문객들이 더 늘어났다. 상만은 그들을 맞이하고, 허구의 죽음에 대해 설명하고, 서로의 근황을 주고받는 일을 반복했다. 슬퍼하는 유족이 없는 데다 고등학교 친구들만 모인 빈소는 장례식장이라기보다 반창회 자리 같았다. 그들을 대하는 상만의 마음도 점점 더 편해졌다.

막 조문을 끝낸 친구들과 상에 앉았는데 성희로부터 메시지가 왔다. 상만은 얼른 상 밑에서 화면을 열었다.

-아까 한 말 그냥 해 본 소리 아니야. 더 이상 당신을 믿지 못하겠어. 아니, 날 믿지 않는 당신을 견디지 못하겠어. 껍데기만 그럴듯하게 유지하고 사는 거 이제 그만하자.

상만이 찍어 보낸 근조 화환 사진이 부부의 대화방에 덩그러니 떠 있었다. 마치 자신들의 관계를 암시하는 것 같았다. 아내는 결혼을 반대하는 아버지에게 맞서 가출했을 만큼 강단이 있는 사람이었다. 상만은 성희의 말이 허투루 들리지 않았다. 그동안 아내는 여러 차례 신호를 보냈을지 몰랐다. 단단하다고 믿었던 지층의 균열을 알리는 그 신호를 상만이 알아채지 못한 것은 아닐까. 어쩌면 애써 모른 척해 왔는지도 모른다. 위기감을 느낀 상만은 자리에서 일어섰다. 성희에게 전화 걸어 무슨 말이든 해야 할 것 같았다.

미세먼지와 어둠이 검은 막처럼 드리워진 세상을 비추는 가로등 불빛이 밤의 눈 같아 보였다. 세상 모든 것을 꿰뚫어 볼 것 같은 그 눈을 피해 벤치로 가던 상만은 멈칫했다. 이용수가 거기 앉아 있었다. 잠시 망설이던 상만은 이용수 옆으로 성큼성큼 다가가 털썩 앉았다. 그리고 돌아다보는 그에게 방어할 틈을 주지 않고 물었다.

"당신 누구요? 누군데 고인 동생 행세를 하는 거야. 허구는 형제가 없어."

자신도 모르게 공격적인 말투가 됐다. 갑작스레 나타난 상만에게 놀란 듯 주춤했던 이용수가 곧 대답했다.

"허구 씨는 제 친형이에요. 허구 씨 원래 이름은 이현수입니다. 제 이름은 아까 말씀드렸다시피 이용수이고요."

"허구한테 동생이 있다는 소리는 한 번도 들은 적이 없어. 그쪽이 동생이라면 허구가 왜 상주를 시키지 않았겠소? 허구가 입양됐단 걸 알고 무슨 수작을 부리려나 본데 어림없어."

상만은 조문 온 친구들이 말하던 허구의 유산에 대해 깊이 생각해 보지 않았다. 친구의 죽음을 감당하는 것만으로도 벅차 그 후의 일을 생각해 볼 겨를이 없었다. 아니, 아파트에 대해 끝내 말하지 않은 채 허구를 보냈다는 죄책감이 유산에 관한 생각을 가로막았다는 게 맞았다. 그렇지만 허구와 상관없는 사람이 유산을 노린다면 얘기가 달랐다. 상만은 친구가 남긴 것들을 그 탐욕으로부터는 지켜 주고 싶었다.

용수는 한숨을 쉬었다.

"가장 친한 친구한테도 말하지 않은 걸 보면 형은 그 사실을 가슴에 묻은 채 떠난 모양입니다."

예기치 않은 곳으로 훅이 들어온 것 같았다. 뭐지? 저놈은 알고 나는 모르는 사실이?

"뭐, 뭘 말이야? 허구가 여행자라는 거 말이요?"

상만은 얼결에 말했다. 용수는 대답 대신 상만에게 담배 한 대만 달라고 했다.

"끊었는데 다시 피우고 싶어지네요."

상만은 이용수에게 담배를 건네고 불까지 붙여 주며 조급한 어투로 말했다.

"나는 그 사실을 고등학교 때 알았어요. 우린 그때부터 비밀이 없는 사이였단 말이오."

용수가 무언가 말하려는 순간 뒤에서 어떤 목소리가 들려왔다.

"지상만! 거기, 상만이 맞지?"

문호였다. 상만도 목소리만으로 그임을 알 수 있었다.

상만은 벌떡 일어나 문호를 맞이했고 그와 함께 빈소로 향했다. 문호가 이용수를 보며 누구냐고 물었다. 대답을 얼버무린 상만은 건물 안으로 들어서기 전 뒤를 돌아다보았다. 어둠에 묻힌 용수 모습은 보이지 않았다.

5

조문을 마치고도 문호는 우두커니 서서 허구의 영정을 바라보았다. 친구의 죽음 앞에서 자신의 삶을 생각해 보는 거겠지. 허구와 얽힌 게 많지 않으니 휘청거릴 일은 없을 것이다.

상만은 문호가 사무관으로 승진했다는 소식을 들었다. 친구들은 9급으로 시작해 5급까지 올라갔으니 성공이라고 했다. 상만도 지금은 정년이 보장된 문호가 부러웠다. 언제까지 버틸 수 있을지 모르겠지만 사장 아들에게 자리를 넘겨주면 즉시 회사를 나와야 할 것이다. 그 뒤엔 어디를 가든 그만한 자리를 얻기 어려울 게 분명했다. 둘째인 영서가 고등학교 졸업할 때까지만이라도 지금 회사에 다녔으면 좋겠다고 하던 아내는 이혼을 요구하고 있다. 퇴직하면 함께 카페나 베이커리를 하자던 사람이었다.

열 시가 넘자 더 이상 새로운 조문객은 오지 않았다. 그때까지 문상 온 총 인원은 서른여덟 명이었다. 반창회 때보다 더 많이 모인 거라고 했다. 오래간만에 만난 사람끼리는 명함과 그간의 안부를 주고받았다. 술기운에 더러는 서운했던 기억을 끄집어내 새로이 시비가 붙었다. 중재자가 나섰고 화해한 뒤 어깨동무한 채 교가를 불렀다. 장례식장이 고등학교 교실의 쉬는 시간처럼 시끄러웠다. 상만은 어딘가에서 보고 있을 것 같은 허구에게 말했다.

'이만하면 흡족하냐?'

접객실을 둘러보던 상만은 이용수가 친구들 틈에 끼어 앉아 있는 것을 발견했다. 술에 취한 친구들은 누가 누군지 분간도 못했다. 상만은 이용수를 노려보았다.

자정이 가까워지자 조문객들은 주중임을 아쉬워하며 자리를 떴다. 그들은 문상을 다녀가는 길인지, 동창회에서 놀다 가는 것인지, 마흔아홉 살인지, 열아홉 살인지 헷갈려하며 집으로 돌아갔다.

상조 회사 직원들도 모두 철수한 접객실에 상만을 포함해서 다섯 명이 남았다. 문호, 반창회 회장인 진규와 처자식을 필리핀으로 유학 보냈다는 기훈, 그리고 이용수였다. 상만은 구석에서 잔뜩 웅크린 모습으로 잠든 이용수를 보았다. 친구들이 오더라도 발인은 결국 혼자 치르게 되리라고 생각했던 상만은 오히려 당황스러웠다. 상만은 그들이 남은 이유를 진규는 반창회 회장이라, 기러기 가장인 기훈은 굳이 집에 갈 이유가 없어서, 문호는 지방에 살아서라고 해석했다. 그리고 이용수는…….

상만은 용수 생각을 밀어 둔 채 비어 있던 상에 술과 안주를 다시 차렸다. 새 상에 둘러앉았을 때 문호가 가방에서 책을 꺼내 사인을 하더니 나눠 주었다.

"엊그제 나왔는데 조문 오는 길이라 몇 권 안 가져왔어."

『바람의 뿌리』라는 제목의 소설집이었다.

"책을 다 내고, 대단하다."

기훈이 책을 앞뒤로 뒤집어 보며 신기해했다. 책 뒷면에는 문호가 존경하던 소설가의 추천 글이 씌어 있었다.

"대단하긴. 옛날에 쓴 것도 있고 해서 묶어 놓으니 부끄럽네."

문호는 말하면서 슬쩍 상만을 보았다.

"그런데 상만이도 무슨 상 받고 하지 않았었냐?"

진규가 기억을 끄집어냈다. 상만은 얼굴이 화끈 달아오르는 느낌이었다.

"나야 뭐 재미 삼아 한번 해 봤던 거지. 책 잘 나왔네."

상만은 시선들을 피해 책장을 펼쳤다. 목차에 열 편의 제목이 나와 있었다. 설명하기 어려운 감정이 저 밑바닥부터 올라오고 있었다. 글을 끄적거린 적은 있지만 상만에게 문학은 삶의 반의

어였다. 글을 쓰는 동안은 현실과 동떨어진 삶을 보내야 한다. 잘나가는 작가가 아니라면 글이 돈이 되기까지의 공백을 버틸 수 없을 것이다. 꿈이니 열정 같은 말로 포장하고 있지만 실은 이기적이고 무책임한 짓이다. 가장이라면 더더욱. 가족에게 편안한 집과 풍족한 음식, 돈에 구애받지 않는 삶을 누리게 해 주는 게 가장의 꿈이어야 했다.

상만은 그 생각에 조금도 의심을 품지 않았다. 그리고 그 꿈을 웬만큼 이루었다고 자부하고 있었다. 하지만 단단하다고 믿었던 삶의 기반이 실은 살얼음처럼 약하고 위태로운 것이었음이 드러나는 중이었다.

영서에게서 한 번도 문자가 없는 게 신경 쓰였다. 딸은 제 오빠와 달리 종종 장난스러운 이모티콘과 함께 문자들을 보내왔고, 엄마 아빠 사이에 갈등이 있을 때면 톡톡히 다리 역할을 하곤 했다. 그랬던 아이가 상만이 며칠째 집을 비우고 있는데도 잠잠했다. 정말 이혼이라도 하게 된다면 상만에겐 아무것도 남지 않을 것 같았다. 붙잡을 것 하나 없이 어디론가 속수무책 떠내려가는 느낌이 들었다. 책에 실린 열 편의 소설은 문호가 자기 삶에 내린 뿌리처럼 보였다. 깊은 땅속에서 얽히고설킨 뿌리들로 문호의 삶은 절대 흔들리지 않을 것이다.

"꿈을 안 놓고 산다는 거 자체가 대단한 일이지. 문호는 일과

꿈, 두 마리 토끼 다 잡았구나. 출판 기념회 해야 하는 거 아냐? 회장, 추진해 봐라."

기훈이 책 표지를 어루만지며 학교 다닐 때는 임원 한번 못 해 본 진규에게 말했다. 상만은 소풍 때나 축제 때 밴드 동아리에서 드럼을 치던 기훈이 생각났다. 드러머가 꿈이었던 그는 의정부에서 싱크대 공장을 하고 있다. 그런 때가 있었다. 그들 모두에겐 가슴속에 들끓는 열기를 어쩌지 못해 꿈틀거리던 때가 있었다.

"출판 기념회 해야지! 오늘 부러운 놈이 딱 두 명 있다. 죽은 놈 중에서는 뺑쟁이고, 산 놈 중에서는 대문호다. 사무관 승진하고 책까지 내고 다 이뤘네. 축하주 한잔 받아라."

진규가 술병을 들었다. 문호가 술잔을 비우며 한숨을 쉬었다.

"모르는 소리들 마. 아들놈 때문에 골치야. 힙합인가 뭔가에 빠져서 공부는 아예 손 놨어. 무자식이 상팔자라니까. 허구가 젤 뱃속 편하게 살다 갔지."

"야, 너는 평생 하고 싶은 거 안 놓치고 살아 놓고선 자식은 못마땅하냐? 난 내가 꼴통처럼 살아선지 자식 놈이 뭘 하든 애비보다 낫다는 생각이 들더라. 그리고 애들 없어 봐. 사는 낙이 있나."

"그래. 자식이 말썽 부리는 거 곁에서 지켜볼 수 있는 것도 복이라는 생각이 든다, 요샌."

기훈이 진규 말에 동조했다.

"암튼 제천 촌놈들이 이만하면 성공한 거여. 그동안 사느라고 고생들 많았다."

진규 말에 맞장구치듯 새 술잔들을 부딪쳤다. 문호가 상만에게 아이들을 물었다. 전교 1등인 아들 얘기를 넌지시 꺼내려던 상만은 문득 그동안 영우가 무엇이 되기만을 바랐지 어떻게 살고 싶어 하는지 한 번도 물어본 적이 없다는 생각이 들었다. 성희의 목소리가 귓전에 울려 퍼졌다.

"당신 영우한테 성적 말고 관심이나 있어?"

상만은 대답을 얼버무렸다. 친구들도 더 캐묻지는 않았다. 문호의 책을 괜스레 다시 넘기던 상만의 눈길이 '작가의 말' 발미에서 멈췄다.

한 사람의 생애는 기쁘고, 아프고, 행복하고, 슬프고, 당당하고, 부끄러운 삶이 강물처럼 뒤섞여 흐르며 만들어진다. 이 책에 실린 열 편의 소설은 그 삶을 직조해 만들어 낸 작품이기에 부끄러운 대로 자랑스럽다.

삶으로의 초대

1

새벽 한 시가 넘었다. 친구들은 각자 자리를 잡고 누워 잠이 들었다. 상만도 양복 상의를 덮고 한구석에 누웠지만 잠이 오지 않았다. 더 누워 있다가는 잡생각의 늪에 빠질 것 같아 벌떡 일어났다. 여전히 꼬부린 채 잠든 용수가 보였다. 자는 모습만으로는 허구와 판박이였다. 상만은 잠시 바라보다 벗어 놓았던 옷을 가져다 덮어 주었다.

분향소로 간 상만은 새 향에 불을 붙여 꽂은 뒤 벽에 기대앉았다. 머릿속이 텅 빈 듯 멍했다. 차라리 아무 생각 없는 게 편했다. 인기척에 돌아보니 용수였다. 용수가 상만의 양복을 내려놓으며 옆에 앉았다.

"허구가 가슴에 묻고 떠났다는 게 뭐요?"

상만이 거두절미하고 물었다. 한동안 침묵이 이어진 뒤 용수가 입을 열었다.

"형은 입양된 게 아니라 유괴당한 거였어요."

상만의 입에서 짧은 신음이 흘러나왔다. 허구가 친자식이 아님을 알았을 때보다, 죽는다는 걸 알았을 때보다 더 큰 충격이 왔다.

"유괴? 누구, 한테 말이오?"

상만이 겨우 물었다. 모든 생각이 사라진 머릿속에 하나 남은 질문이었다.

"허구 형 진짜 이름이 현수란 건 말씀드렸지요. 현수 형은 우리 4형제 중 셋째예요."

현수가 다섯 살 때, 현수네 가족은 시장 근처 동네 비좁은 방 한 칸에서 살았다. 아들만 셋이었고, 엄마 배 속에는 아직 태어나지 않은 용수가 들어 있었다. 아버지는 걸핏하면 살림을 때려 부수고, 자식들까지 때리고, 가게로 쫓아와 엄마가 하루 종일 기름 가마 앞에서 데어 가며 번 돈을 털어 가는 사람이었다.

"저희 어머니는 자식들을 먹여 살려야 한다는 생각밖에 없으셨대요. 어머니는……."

그런 건 하나도 궁금하지 않았다. 상만이 말을 잘랐다.

"설마 허구가 양부모님한테, 돌아가신 그분들한테 유괴당한 거란 이야기요?"

용수가 고개를 끄덕였다. 충격의 여진은 쉬이 가라앉지 않았다. 허구 부모님은 상만에게도 아낌없이 정을 나눠 준 분들이었다. 그런데 유괴범이라니. 믿기지 않았다.

"말씀 놓으세요. 이렇게 장례식을 맡긴 걸 보면 현수 형은 형님을 진짜 친구로 생각하셨나 보네요."

상만의 머릿속은 헝클어진 실타래로 가득한 것처럼 어지러웠다.

두 형은 학교에 다녔고, 다섯 살인 현수는 엄마가 가게에 데리고 다녔다. 어느 날 가게 근처에서 혼자 놀던 현수가 사라졌다. 경찰에 신고했지만 찾지 못했다. 상만은 허구가 썼던 「여행자 K」를 떠올렸다. K, 그러니까 허구는 엄마를 잃어버렸다 다시 찾은 것으로 알고 있었다.

"허구가 그 사실을 알고 있었소?"

상만은 도무지 현수라는 이름이 입에서 나오지 않았다.

"중학생 때 알았던 거 같아요. 가게 근처에 왔던 걸 보면. 어머니가 몇 번 봤다고 하셨어요."

"그럼 어머니하고는 만났던 거요?"

상만이 놀라 물었다.

"아뇨. 우리 모두 현수 형을 만나지는 못했어요. 말씀 편하게 하세요."

"왜? 어머니는 아들을 보고도 아는 체를 안 하셨던 건가?"

상만의 목소리가 무심결에 높아졌다. 용수가 한숨을 푹 내쉬더니 대답했다.

"그럴 수 없었대요. 미안해서."

현수가 사라지고 열흘쯤 뒤 김 실장이라는 남자가 현수 아버지를 찾아왔다.

"잠깐, 김 실장이라고 했나?"

허구 아버지를 협박하던 사람도 김 실장이었다. 그는 시장에서 상인들을 상대로 대부업을 하던 허 사장, 즉 허구 아버지 수하의 사람이랬다. 김 실장은 허 사장 부부가 현수를 데리고 있다고 말했다.

얼마 전 사고로 아들을 잃은 허 사장 부인은 반 실성 상태였다. 마흔두 살에 겨우 얻은 귀한 자식이었다. 그날도 아들이 죽었음을 인정하지 않는 부인이 아이의 생일 선물을 사야 한다고 고집을 피워서 허 사장이 어쩔 수 없이 차를 내준 거였다. 그 차를 운전했던 김 실장은 현수가 사장 부인을 계속 따라왔다고 했다.

"아마 낯익어서 그랬을 거래요. 허 사장 부인이 자기 아들 장난감 사면서 현수 형한테도 같은 걸 사 준 적이 있다고……. 어쩌다 닭집에 들렀는데 자기 아들 또래라 형을 귀여워했다나 봐요."

허 사장 부인이 아들 이름을 부르며 현수에게 새 장난감을 주고 차에 태웠다. 김 실장이 말려도 소용없었다.

"엄마 잃어버리면 어쩌려고 맘대로 돌아다녀. 이제 엄마한테서 떨어지면 안 돼."

허 사장 부인과 현수는 정말 모자인 양 서로를 꼭 끌어안고 떨어지지 않았다. 저녁에 그 사실을 안 허 사장은 화를 내며 아이를 데려다주라고 했다. 허 사장 부인은 현수를 품에서 떼어 놓지 않았다. 아들이라고 철석같이 믿는 사람에게서 또 아이를 빼앗는다면 살지 못할 것 같았다. 허 사장은 김 실장을 시켜 현수 아버지에게 거래를 제안했다.

현수의 아버지는 아들을 되찾는 대신 돈을 받았다. 현수는 죽은 아이 대신 허구가 되었다. 그 후로도 현수 아버지는 허 사장 부부를 찾아가 뜯어낸 돈을 노름으로 탕진하곤 했다.

"나중에 그 사실을 안 어머니는 미안해서 현수 형에게 아는 척할 수 없었던 거예요. 그리고 우리 집에서 사느니 차라리 부잣집에서 호강하며 사는 게 형을 위해서도 낫다고 생각했대요."

허구가 살았던 모습을 떠올리면 크게 틀린 말은 아니었다. 하지만 허구는 자신을 그토록 사랑하는 양부모가 실은 유괴범이란 사실을 알고 있었다. 어쩌면 친부가 아들을 되찾기는커녕 돈을 뜯어 가는 것까지 알았을지도 모른다. 그걸 다 알고서 온전한 정신으로 살기 어려웠을 것이다. 그래서 여행자가 된 걸까? 또 다른 자신이 살아가고 있는 세계를 찾아다니며…….

상만은 허구가 친부모를 끝까지 찾지 않은 것이 이해됐다. 자식 대신 돈을 선택한 아버지를 어떻게 부모로 받아들일 수 있을까. 늘 냉소적이던 허구가 떠올랐다. 그런 부모들과, 그 모든 사실을 알면서 덮어 둔 채 살고 있는 자기 자신에 대한 혐오는 아니었을까.

"부모님은?"

상만이 물었다.

"아버지는 제가 열다섯 살 때 간암으로 돌아가셨어요. 어머니는 지금 저하고 같이 사는데 많이 편찮으시고요. 실은 치매에 걸리셨어요. 그래서 모시고 오지 못했어요."

"자넨 이런 이야길 언제 안 거야?"

"제가 제대했을 때니까 꼭 20년 전이네요."

제대하고 돌아오니 어머니 혼자 지하 월세방에서 지내고 있었다. 아버지와 크게 다를 바 없는 두 형들의 치다꺼리에 어머니는 골병이 든 상태였다. 그해 가을 무렵 현수 심부름이라면서 누가 찾아왔다. 그 사람이 용수와 어머니를 정릉에 있는 집으로 이사하게 해 주었다.

상만은 허구네 집을 찾아갔다 누군가 이사 오는 것을 보고 돌아섰던 게 생각났다. 용수네였던 것이다. 허구는 상만에게선 종적을 감추고 피붙이에겐 살길을 마련해 주었다. 진실을 알고 나니 이해가 안 되는 것도 아니었다. 상만에게 자기 이야기를 하고 싶지 않았을 것이다. 상처를, 과거를 드러내는 대신 감추고 피하는 길을 택한 것이다, 상만처럼.

"그때 어머니가 처음으로 현수 형 이야기를 하셨어요."

"그럼 허구하고는 그때부터 연락하고 지낸 건가?"

"아뇨. 제가 연락처 달라고 하니까 이미 한국 떴다면서 안 돌아올 거라고 하더군요."

소식이 끊어졌다 다시 연락이 온 건 올해 초였다. 정릉 집이 재개발 지역으로 지정돼 집을 비워 줘야 할 상황이었다.

"현수 형이 제천에 집하고 묘목원을 마련해 주었어요. 형은 내가 조경 일 하는 것도 알고 있었나 봐요."

"제천이라고? 혹시 사과 과수원 있던 자리 아니야?"

상만이 벽에 기댔던 몸을 벌떡 일으켰다.

"예. 주위 사람들이 전엔 사과 과수원이었다고 하더라고요."

전 주인이 묘목원으로 바꾼 지 몇 년 됐다고 했다.

"어머니를 위해서 한적하고 공기 좋은 곳을 택했나 보다 했는데 오늘 와서 보니 현수 형이 살았던 곳이네요."

그때도 용수가 현수 연락처를 물어보았지만 변호사는 알려 주지 않았다고 했다. 그런데 변호사가 어제 현수의 부음을 전했다.

"알려 주라고 했다고? 자기 죽은 걸?"

"네. 마지막 가는 길만큼은 알리고 싶었나 봐요. 와서 보니 형님 같은 친구도 있고, 동창들도 많이 오고, 형이 외롭게 살지만은 않았구나 싶은 게 좋더라고요."

허구는 자기 피붙이에게 자신이 불행하지만은 않았음을 보여 주었다. 어쩌면 그것이, 이 장례식을 치르는 이유일 것이다.

2

상만은 사람들 틈에서 바닥에 쓰러진 엄마를 보고 있었다. 경찰이 누가 방문을 닫았느냐고 물었다. 상만은 몸이 달달 떨리고 이가 딱딱 부딪혔다. 도망치고 싶은데 발이 떨어지지 않았다. 상만이 대답하지 않자 엄마가 갑자기 눈을 뜨며 상만을 불렀다.

상만은 터져 나오려는 비명을 꿀꺽 삼켰다. 벽에 기대앉은 채 까무룩 잠든 사이 찾아온 꿈이었다. 온몸이 식은땀으로 젖어 있었다.

그때 방문을 닫지 않았다면……. 연탄가스에 정신을 잃어 가던 상만은 본능적으로 신선한 공기를 찾아 밖으로 기어 나왔다. 마당에 쓰러져 있는 상만을 발견한 사람은 새벽에 화장실에 가던 옆방 할머니였다. 정신이 반쯤 돌아온 상만은 자기네 방을 돌아다보았다. 할머니가 방으로 뛰어 들어갔지만 이미 늦었다. 기억은 나지 않아도 방문을 닫은 사람은 상만, 자신이었을 것이다. 엄마가 술에 취한 게, 속옷 차림인 게 창피해서였을 것이다. 그 무렵 상만은 엄마가 창피할 때가 많았다.

엄마의 사망 원인은 연탄가스 중독이었고 상만은 사고에서 운 좋게 살아남은 아이였다. 아무도 상만이 방문 닫은 것을 문제 삼지 않았다. 하지만 또 아무도 문을 닫은 건 네 잘못이 아니라고 말해 주지 않았다.

3

일터로 가야 하는 친구들의 배웅은 발인제까지였다. 진규가 서울 사는 사람끼리 조만간 한번 뭉치자고 하자 의정부 사는 기훈이 자기도 부르라고 했다. 상만은 문호와 작별 악수를 할 때 책 잘 읽겠다고, 다시 한번 축하한다고 했다.

“지난 설에 집에 갔다 외삼촌 뵀는데 니 소식 아느냐고 물으시더라. 외숙모님 돌아가신 뒤로 부쩍 늙으셨어. 언제 한번 내려와. 오면 연락하고.”

문호가 잡은 손에 힘을 주며 말했다. 상만은 친구의 눈을 마주 볼 수 없었다.

허구의 시신은 화장장으로 향했다. 세상은 여전히 미세먼지와 안개가 섞인 짙은 연무 속에 몸을 감추고 있었다. 겹겹이 비밀에 싸여 있다 코앞에 가서야 실체를 드러내는 게 허구의 삶 같았다.

변호사가 화장장에서 운구차를 기다리고 있었다. 그는 고인이 자신의 반은 양부모님과 같은 납골당에, 반은 친어머니가 사는 묘목원에 있기를 원했음을 전했다. 뜻밖이었다. 자신을 유괴한 양부모를 용서한 걸까? 자신을 포기한 친부모를 이해한 걸까?

허구의 육신은 예정대로 불길 속으로 들어갔다. 용수가 울기 시작했다. 그의 울음은 오열로 변해 갔다. 허구가 유괴됐을 때 용수는 아직 태어나지도 않았다. 형제지만 그들은 함께 보낸 적이 없었다. 상만이 오히려 더 오랜 기간, 더 깊게 얽혀 지냈다. 그런데 상만은 눈물이 나오지 않았다.

상만은 곁에 서 있는 변호사를 보았다. 눈자위가 붉어진 채 입을 굳게 다문 그에게선 단순히 의뢰인의 죽음을 대하는 이상의 감정이 느껴졌다. 상만은 그에게 교포냐고 물었다. 스테판은 어린 시절 프랑스로 입양된 프랑스 사람이라고 대답했다.

"허구하고는 어떻게 알게 됐습니까?"

"허구 씨가 나 방황할 때 많이 도와주었습니다. 내가 변호사 될 수 있게 해 준 분입니다."

갑자기 불을 켠 듯 환해진 머릿속으로 사진 한 장이 떠올랐다. 허구가 프랑스로 어학연수 갔을 때 한 동양인 아이와 찍은 사진 아래 씌어 있던 이름이 스테판이었다. 사진 속 얼굴은 기억나지 않지만 같은 인물인 게 분명했다.

"한국에 아주 돌아오신 건가요?"

"아닙니다. 허구 씨 배웅하러 잠시 온 겁니다. 다시 프랑스로 갑니다. 허구 씨가 유산으로 해야 할 일 많이 남겼습니다."

궁금한 게 많았지만 상만은 더 이상 묻지 않았다.

허구의 육신은 보통 사람과 다를 바 없이 한 줌 재로 남았다. 납골당 허구의 자리는 양부모와 가까운 곳이었다. 유골함을 안치한 뒤 상만은 용수가 혼자만의 시간을 보낼 수 있도록 허구 부모님 앞으로 자리를 옮겼다. 전에도 상만은 허구 부모님에게 몇 차례 왔었다.

진실을 알고 난 지금, 상만은 부모님처럼 여겼던 그분들을 어떻게 대해야 할지 혼란스러웠다. 허구를 진심으로 사랑했으며 친구인 자신에게까지 그 사랑을 나누어 준 분들이었다. 자식 잃은 고통과 슬픔이 그들을 미망에 빠뜨린 것이라고 이해하다가도 허구의 인생을 생각하면 착잡한 마음이 됐다. 그들이 저지른 짓 때문에 한 사람의 전 생애는 어디에도 뿌리내리지 못한 채 떠돌아야 했다. 육신은 물론 영혼까지도 말이다. 허구가 자신을 두 군데로 나누어 달라고 한 건 부모들을 이해하거나 용서했기 때문이 아니라 벌주고 싶어서일지 몰랐다. 가까이 두고 자신들이 저지른 짓을 계속 상기하라는.

용수가 품에서 사진을 꺼내 유골함 옆에 놓는 게 보였다. 어떤 사진인지 궁금해진 상만은 용수 곁으로 갔다. 너덧 살 된 남자애 둘이 나란히 그네를 타는 사진이었다. 사진을 보느라 가늘게 떴던 상만의 눈이 크게 벌어졌다. 상만은 아예 사진을 꺼내 들고 들여다보았다. 손이 마구 떨렸다. 그중 한 명은 바로 자신이었다. 엄마와 놀이터에서 찍은 사진 속 바로 그 모습이었다. 남색 줄무늬 윗도리에 검정색 반바지를 입은.

"허구랑 같이 있는 아이는…… 누구지?"

상만이 떨리는 목소리로 물었다. 용수가 시름없는 얼굴로 대답했다.

"옆방 살던 아이래요. 그 애네가 이사 갈 때 형이 제일 아끼던 장난감을 줬을 정도로 친했대요. 어머니들끼리도 자매처럼 지냈었다나 봐요. 집에 있는 형 사진은 이것밖에 없어서……."

엄마와 찍은 사진이 아니었다면 상만은 허구와 함께 있는 아이가 자신인 줄도 몰랐을 것이다. 허구는 둘이 이웃해 사는 세계가 있다고 했었다. 그때는 말도 안 되는 소리라고 웃어넘겼는데 사실이었다.

쌀집 가겟방 간이 옷장에, 그리고 제천 이층집 허구의 방에 있었던 장난감 경찰차. 무심코 이른 생각에 상만은 전율이 일었다.

상만이 소중히 여겼던 경찰차는 허구가 준 것이었을까? 어쩌면 그 경찰차는 허 사장 부인이 자기 아들과 현수에게 사 줬다는 장난감일지 모른다. 허구가 상만과 놀았던 어린 시절을 기억했던 건지, 아니면 여행으로 보았던 건지 이제는 알 도리가 없다.

돌이켜 보니 허구는 무언가 말하려고 여러 번 시도했었다. 하지만 결국 아무것도 말하지 않았다. 상만이 받아들이지 않은 탓도 있지만 스스로도 두려웠을 것이다. 그토록 자신을 사랑하는 부모가 유괴범임을 알리는 게. 친아버지가 자신을 버린 사실을 들춰내는 게. 어쩌면 다 알고서도 바로잡지 않는 자신을 드러내는 게 가장 힘들었을 것이다. 이곳이 지옥이었다는 그의 말이 비로소 온전히 이해됐다.

상만은 사진을 제자리에 놓은 뒤 망연히 바라보았다. 허구가 장난감에 혹해서 모르는 사람을 따라가기 전, 상만이 연탄가스 가득한 방에 엄마를 둔 채 문을 닫기 전, 아니 그 이전, 자기 처지에 대한 세상의 편견 어린 시선을 알기 전이었다. 그때의 둘은 하늘로 날아오를 듯 그네를 타며 해맑게 웃고 있었다. 상만은 허구가 그렇게 활짝 웃는 걸 본 적이 없었다. 상만도 마찬가지였을 것이다. 하지만 둘에게도 그렇게 웃던 때가 있었다.

상만은 허구와 자신이 많이 닮았음을 깨달았다. 환경과 처지가 달랐을 뿐 섣불리 꺼내 놓을 수 없는 상처로 가득한 내면은

똑같았다. 하지만 상처를 덮는 방식은 달랐다. 허구는 아무 곳에도 뿌리내리지 않고 제 이름처럼 허구의 세계를 떠돌았고, 상만은 거짓으로 다진 반석 위에 뿌리를 내리려고 안간힘 쓰며 살았다.

"도대체 당신은 누구야?"

성희의 물음에 대답을 하기 위해선 가장 깊은 곳에 가둬 버린 어린 상만을 불러내야 한다. 상만은 한 번도 그 아이의 말을 들어 주거나 안아 준 적이 없었다. 허구가 그 벽을 무너뜨렸다. 여전히 아파하고 두려워하며 울고 있는 아이가 오롯이 드러났다.

삶은 어느 한 순간 정지시키고 리셋할 수 있는 게 아니었다. 기억은 왜곡할 수 있을지 몰라도 삶 자체를 편집할 수는 없는 것이다. 상만은 자신을 있는 그대로 받아들이거나 사랑한 적이 없었다. 늘 스스로를 창피해하며 다른 사람이 되기 위해 죽을힘을 다했다. 그래야 인정받고 사랑받는 줄 알았다. 그렇게 자라서 어른이 된 상만은 자신에게 상처 주었던 어른들과 다를 바 없는 모습으로 살아가고 있다. 현수는 자기와 닮은 상만에게 그 사실을 깨우쳐 주기 위해 지옥으로 돌아와 생을 마감한 것이다.

안주머니에 넣어 둔 핸드폰이 부르르 떨었다. 망설이다 꺼낸 핸드폰 화면엔 영우 문자가 떠 있었다.

-아빠, 나 때문에 이혼하는 거야?

물끄러미 들여다보던 화면이 꺼지자 상만은 얼른 통화 버튼을 눌렀다. 영우는 신호음이 울리자마자 전화를 받았다.

"누가 그래. 그런 거 아니야."

상만이 급하게 말했다.

"근데 집에 왜 안 들어와?"

아들 목소리는 언제나처럼 퉁명스러웠다.

"친구 때문에……. 아빠 제일 친한 친구가 죽었어."

"그럼 이혼하는 거 아니지? 영서가 자꾸 나 때문에 엄마랑 아빠랑 이혼한다고 그러잖아."

영우의 목소리가 조금 밝아졌다.

"아니야. 이혼 안 해. 너 때문도 아니고."

"알았어. 그럼……."

"영우야, 미안해. 아빠가 미안해."

상만은 전화가 끊길까 봐 조바심치며 말했다. 아빠의 사과에 잠깐 침묵했던 영우가 말했다.

"나도 버릇없이 굴어서 미안해. 그리고 아빠, 슬프면 울어. 울어도 창피한 거 아니래. 감정에 솔직한 게 더 멋진 거래."

"……누가 그래?"

"민지가."

상만은 순간, 어떤 손길이 슥 하고 자신의 존재 전부를 어루만지고 지나간 느낌이 들었다. 전화를 끊는데 걷잡을 수 없이 눈물이 쏟아져 내렸다. 한없이 괴로워하며 외롭게 허구의 삶을 살았던 현수를 애도하는 눈물이었다. 깊고 찬 어둠 속에 웅크리고 있는 어린 상만을 위한 눈물이었다. 그리고 자신이 지금 여기 살아 있음을 기뻐하는 눈물이었다. 살아 있어 아직 많은 것이 가능했다.

| 작가의 말 |

작품이나 학창 시절, 작가란 직업에 관한 질문과 답이 오가는 자리였다. 비슷비슷한 질문에 나는 여러 번 풀어 본 문제의 답을 쓰듯 척척 대답하고 있었다. 질의응답 시간이 끝나 갈 무렵 맨 앞에 앉아 열심히 내 이야기를 듣던 아이가 손을 들었다. 나는 마지막 질문자로 그 아이를 지목했다.

"선생님은 어떤 어른이라고 생각하세요?"

기출문제는 물론 예상 문제에도 없었던 질문에 잠시 내 안의 무언가가 출렁, 했다. 솔직히 그동안 어린이와 청소년들의 편에서서 그들의 삶을 그리고 있으니 나 자신이 괜찮은 어른이라고 생각했던 것 같다. 아이는 스스로에 대한 내 평가에 "정말요? 진짜 그렇게 생각하세요?" 하고 묻는 것 같았다.

'나는 어떤 어른인가'라는 질문은 오랫동안 가슴속에 들어 있던 이야기의 발효제가 됐다. 세상 모든 아이들은 존재 자체로 존중받거나 사랑받을 자격이 있다. 그런 경험이 없는 아이는 자라서도 외피만 어른일 뿐 내면엔 상처 가득한 아이가 들어 있는 가엾은 존재다.

허구와 상만도 그러하다. 어른들의 눈먼 이기심과 욕심에 존재를 부정당한 채 평생을 살아야 했던 허구, 어린 시절을 이해받거나 위로받지 못한 채 어른이 된 상만. 허구의 상황을 바로잡아 줄 어른이 있었다면, 상만에게 네 잘못이 아니라고 말해 주는 어른이 있었다면 어땠을까. 그들의 삶을 지켜보는 일은 어른인 나 자신을 들여다보는 시간이기도 했다. 내내 부끄럽고 미안했다.

소설을 완성하기까지 많은 시도와 방황이 있었다. 그 과정을 함께해 준 편집부 식구들께 진심으로 감사드린다. 새 작품을 기다려 준 독자들께도 고마움과 사랑을 보낸다.

2019년 10월

이금이

허구의 삶

1판 1쇄 2019년 10월 29일 | 1판 13쇄 2024년 4월 25일
지은이 이금이 | 책임편집 곽수빈 | 편집 엄희정 원선화 이복희 | 디자인 이지인
마케팅 정민호 서지화 한민아 이민경 안남영 왕지경 정경주 김수인 김혜원 김하연 김예진
브랜딩 함유지 함근아 고보미 박민재 김희숙 박다솔 조다현 정승민 배진성
저작권 박지영 형소진 최은진 서연주 오서영
제작 강신은 김동욱 이순호 | 제작처 한영문화사
펴낸곳 (주)문학동네 | 펴낸이 김소영
출판등록 1993년 10월 22일 제2003-000045호
주소 10881 경기도 파주시 회동길 210
전자우편 kids@munhak.com | 홈페이지 www.munhak.com
카페 cafe.naver.com/mhdn | 북클럽 bookclubmunhak.com
트위터 @kidsmunhak | 인스타그램 @kidsmunhak
대표전화 (031)955-8888 | 팩스 (031)955-8855
문의전화 (031)955-3576(마케팅) (02)3144-3242(편집)

ISBN 978-89-546-5826-3 03810